JN280716

オペラ対訳ライブラリー

Richard STRAUSS
Der Rosenkavalier

リヒャルト・シュトラウス
ばらの騎士

田辺秀樹=訳

音楽之友社

DER ROSENKAVALIER
Richard Strauss/Hugo von Hofmannsthal
©Copyright 1910, 1911 by Adolph Furstner, U. S. Copyright Renewd.
Copyright assigned 1943 to Hawkes & Son (London) Ltd.
(a Boosey & Hawkes Company) for the World excluding Germany, Italy,
Portugal and the Former Territories of the U. S. S. R
(excluding Estonia, Latovia and Lithuania).

　本シリーズは，従来のオペラ対訳とは異なり，原テキストを数行
単位でブロック分けし，その下に日本語を充てる組み方を採用し
ています。原則として原文と訳文は行ごとに対応していますが，
日本語の自然な語順から，ブロックのなかで倒置されている場合
もあります。また，ブロックの分け方は，実際にオペラを聴きな
がら原文と訳文を同時に追うことが可能な行数を目安にしており，
それによって構文上，若干問題が生じている場合もありますが，
読みやすさを優先した結果ですので，ご了承ください。

目次

あらすじ　5

『ばらの騎士』対訳

第1幕　Erster Aufzug ……9
　Wie du warst! Wie du bist! (OCTAVIAN) ……10
　Selbstverständlich empfängt mich Ihro Gnaden (BARON) ……21
　Wo nicht dem Knaben Cupido (BARON) ……35
　Di rigori armato il seno (DER TENOR) ……50
　Da geht er hin (MARSCHALLIN) ……60
　Die Zeit im Grunde (MARSCHALLIN) ……66

第2幕　Zweiter Aufzug ……73
　Ein ernster Tag, ein großer Tag! (FANINAL) ……74
　Mir ist die Ehre widerfahren (OCTAVIAN) ……79
　Ich kenn' Ihn schon recht wohl, mon cousin! (SOPHIE) ……81
　Deliziös! Mach' Ihm mein Kompliment (BARON) ……85
　Wird kommen über Nacht (BARON) ……95
　Mit Ihren Augen voller Tränen (OCTAVIAN) ……101
　Die fräulein mag Ihn nicht (OCTAVIAN) ……108
　Da lieg' ich! (BARON) ……125

第3幕　Dritter Aufzug ……133
　Nein, nein, nein, nein! (OCTAVIAN) ……138
　Da muß ma weinen (OCTAVIAN) ……142
　Halt! (KOMMISSARIUS) ……151
　Er kennt mich? (MARSCHALLIN) ……168
　Leupold, wir geh'n! (BARON) ……177

Marie Theres' (OCTAVIAN) ···186
Ist ein Traum (SOPHIE) ···189

訳者あとがき　193

主要人物登場場面一覧

幕	1	2	3
元帥夫人	■■■■		■■
オクタヴィアン	■■■■	■■	■■■■
オックス男爵	■■	■■■	■■■
ゾフィー		■■■	■■
ファーニナル		■■■	■■
ヴァルツァッキ	■■	■■	■■■
アンニーナ	■■	■■■	■■■
マリアンネ		■	
テノール歌手	■■		
警部			■■

あらすじ

第1幕

　時は女帝マリア・テレージアの治世，場所はウィーン。元帥夫人の寝室。若い伯爵オクタヴィアンは，元帥夫人マリー・テレーズの愛人。元帥が遠隔地に出かけている留守中に，二人が情熱的な愛の一夜を過ごした翌朝，二人が睦言を交わしながら朝食をとっていると，訪問者の気配がする。オクタヴィアンはあわてて身を隠すが，やってきたのは元帥夫人のいとこで田舎貴族のオックス男爵。彼はウィーンの新興貴族ファーニナルの娘ゾフィーと結婚する予定であることを告げ，結納としての銀のばらを届ける前ぶれの使者（「ばらの騎士」）の人選について，夫人に相談をもちかける。夫人は「ばらの騎士」としてオクタヴィアン伯爵を推薦する。その間，当のオクタヴィアンは，いたずら心から女装をし，「小間使いのマリアンデル」に扮して姿を現すため，好色な男爵はすぐさま彼女（彼）に目をつけ，口説きにかかる。やがて朝の接見が始まり，元帥夫人が男爵のために紹介した公証人をはじめ，物売り，美容師，ゴシップ商売のイタリア人カップル，テノール歌手，フルート吹き等，大勢の人々が登場し，それぞれの用件を済ませるが，その間にも男爵の傍若無人なふるまいはやむことがない。接見がすんだあと，元帥夫人は自分がもはや若くはないことを自覚し，時の流れが留めようもないことを痛感する。たわむれの女装を解いたオクタヴィアンがもどってきて，もの思いに沈む夫人をいたわり，変わらぬ愛を誓うが，オクタヴィアンとのやがて訪れるであろう別れを予感する夫人の思いは，淡い憂愁に閉ざされる。

第2幕

　新興貴族ファーニナルの邸宅の広間。花嫁となる娘のゾフィー，父親，養育係のマリアンネらが，「ばらの騎士」の来訪を待ち受けているところへ，オクタヴィアンが結納のばらを届けにやってくる。オクタヴィアンは，ゾフィーをひと目見て心をうばわれ，ゾフィーも伯爵に好意を持つ。やがて未来の花婿オックス男爵が，粗野な側近の従僕らを同行させて来訪する

が、ゾフィーは、男爵のあまりにも野卑で傍若無人なふるまいに驚き、あきれ、男爵をうとましく思うとともに、ますますオクタヴィアンに心を寄せるようになる。心惹かれ合う若い二人は、親密な様子でいるところをイタリア人カップルに取り押さえられ、知らせを受けた男爵は、オクタヴィアンと激しく対立する。二人の対立は、ついには剣を抜いての果たし合いへと突き進み、男爵は腕に軽い傷を負わされる。邸内は大騒ぎとなり、ゾフィーと父ファーニナルも激しく対立。混乱を引き起こしたオクタヴィアンは、身の置きどころがなくなるが、いまや恋敵となった男爵を打ち負かすべく一計を案じ、「小間使いのマリアンデル」からの逢引きの誘いの手紙を男爵に差し向ける。色好みの男爵は、それが仕組まれたワナとも知らず、有頂天になり、ご満悦のようすで鼻歌を歌う。

第3幕

　食堂兼旅館の特別室。男爵をワナにはめるためのさまざまな設定が、オクタヴィアンの指示のもとに行なわれている。準備が整ったところへ、偽の手紙に誘われて約束の店にやってきた男爵が登場。男爵は、以前のように女装してマリアンデルに扮したオクタヴィアンと食事をとりながら、彼女（彼）を籠絡しようと躍起になるが、もう少しというところで、オクタヴィアンが用意させた数々のいたずらの仕掛けに驚かされ、すっかり翻弄される。「男爵に捨てられた女」に扮したアンニーナには激しく責め立てられ、「血を分けた子供たち」にも付きまとわれて、男爵は理不尽な苦境に立たされる。やがて警部が呼ばれ、男爵の行状が次第に明らかになってきたところへ、ファーニナルと娘のゾフィー、さらには元帥夫人までが登場。大勢の人々の前で不品行を暴かれて面目をつぶされた男爵は、その場からの退却を余儀なくされる。オクタヴィアンがいまや若いゾフィーと相思相愛の仲であることを察した元帥夫人は、オクタヴィアンのために自分からいさぎよく身を引き、若いオクタヴィアンとゾフィーの二人は、めでたく結ばれる。

ばらの騎士
Der Rosenkavalier

音楽のための3幕の喜劇

音楽＝リヒャルト・シュトラウス　Richard Strauss
台本＝フーゴー・フォン・ホーフマンスタール
　　　Hugo von Hofmannsthal
初演＝1911年1月26日，ドレスデン宮廷歌劇場
リブレット＝総譜のテキストに基づく

登場人物および舞台設定

元帥夫人 Marschallin（ヴェルデンベルク公爵夫人）……………ソプラノ
オクタヴィアン Octavian（ロフラーノ伯爵）……………メッゾ・ソプラノ
オックス男爵 Baron Ochs auf Lerchenau（元帥夫人の縁戚）………バス
ゾフィー Sophie（ファーニナルの娘）……………………………ソプラノ
ファーニナル Herr von Faninal（成金の新興貴族）……………バリトン
ヴァルツァッキ Valzacchi（陰謀屋）………………………………テノール
アンニーナ Annina（ヴァルツァッキの相棒）…………メッゾ・ソプラノ
マリアンネ Marianne（ゾフィーの養育係）………………………ソプラノ
テノール歌手 Der Tenor ……………………………………………テノール
警部 Kommissarius ……………………………………………………バス
元帥夫人の執事 Haushofmeister bei Marschallin …………テノール
ファーニナル家の執事 Haushofmeister bei Faninal ………テノール
旅館兼食堂の主人 Wirt ……………………………………………テノール
公証人 Notar……………………………………………………………バス
三人の孤児 Drei Waisen …………ソプラノ，メッゾ・ソプラノ，アルト
帽子屋 Modistin ………………………………………………………ソプラノ
動物商 Tierhändler ……………………………………………………テノール
元帥夫人の召使い Lakaien ………………………… 2テノール，2バス
給仕 Kellner…………………………………………… 1テノール，3バス
その他，黒人の少年，フルート吹き，学者，美容師とその見習い，料理長とその見習い，貴族の未亡人，使い走りの男たち，男爵のお供の者たち，馬丁，巡査，下男，子供たち，ほか

18世紀なかば，女帝マリア・テレージアの時代のウィーン

第 1 幕
Erster Aufzug

Das Schlafzimmer der Feldmarschallin. Links im Alkoven das große zeltförmige Himmelbett. Neben dem Bett ein dreiteiliger chinesischer Wandschirm, hinter dem Kleider liegen. Ferner ein kleines Tischchen und ein paar Sitzmöbel. Auf einem kleinen Sofa links liegt ein Degen in der Scheide. Rechts große Flügeltüren in das Vorzimmer. In der Mitte, kaum sichtbar, kleine Türe in die Wand eingelassen. Sonst keine Türen. Zwischen dem Alkoven und der kleinen Türe steht ein Frisiertisch und ein paar Armsessel an der Wand. Fauteuils und zwei kleine Sofas. Die Vorhänge des Bettes sind zurückgeschlagen. Durch das halbgeöffnete Fenster strömt die helle Morgensonne herein. Mann hört im Garten die Vöglein singen. Octavian kniet auf einem Schemel vor dem Bett und hält die Feldmarschallin, die im Bett liegt, halb umschlungen. Man sieht ihr Gesicht nicht, sondern nur ihre sehr schöne Hand und den Arm, von dem das Spitzenhemd abfällt.

元帥夫人の寝室。左手，壁の奥まったところに大きな天蓋付きのベッド。ベッドの横には三つ折りの中国風の屏風があって，その奥に衣裳が置かれている。さらに小テーブルが一つと椅子が数脚。左手のソファーの上には，鞘に収められた剣が置いてある。右手の壁には，控えの間に通じる大きな両開きの扉。中央の壁には，小さなドアがいくつかあるが，ほとんど目につかない。そのほかにはドアはない。壁のくぼみと小さなドアの間には，壁に沿って化粧机と数脚の肘掛け椅子。安楽椅子と二つの小さなソファー。ベッドのカーテンは開かれている。半分開かれた窓からは明るい朝日が差し込み，庭からは小鳥のさえずりが聞こえる。オクタヴィアンが，ベッドの前にある足台にひざまずき，ベッドに横たわる元帥夫人を，なかば抱きかかえている。元帥夫人の顔は見えず，そのひじょうに美しい手と，レースの肌着からのぞく腕だけが見える。

OCTAVIAN
オクタヴィアン

(schwärmerisch)
Wie du warst! Wie du bist!
Das weiß niemand, das ahnt keiner!

（酔いしれた様子で）
きのうのきみ！ けさのきみ！
だれも知らない 思いもよらない！

MARSCHALLIN
元帥夫人

(richtet sich in den Kissen auf)
Beklagt Er sich über das, Quinquin?
Möcht' Er, das viele das wüßten?

（枕を背に身を起こして）
それが不満なの カンカン？
みんなに 知ってもらいたいの？

OCTAVIAN
オクタヴィアン

(feurig)
Engel! Nein! Selig bin ich,
daß ich der Einzige bin, der weiß, wie du bist.
Keiner ahnt es! Niemand weiß es!

（熱烈に）
ぼくの天使！ 違う！ 嬉しいんだ
ぼくだけが きみの様子を知っている っていうことが
だれにも想像できない！ だれも知らない！

Du, Du, Du — was heißt das „Du"? Was „Du und ich"?
Hat denn das einen Sinn?
Das sind Worte, bloße Worte, nicht? Du sag!

 ああ きみ！ きみ！ でも「きみ」って何？

 何なの「きみとぼく」って？ 意味があるの？

 言葉 ただの言葉にすぎないんだ！ ねぇ 違う？

Aber dennoch: Es ist etwas in ihnen,
ein Schwindeln, ein Ziehen, ein Sehnen und Drängen,
ein Schmachten und Brennen:

 でも やっぱりそこには 何かがある

 目くるめく魅惑 抑えきれない憧れ

 身を焦がす 恋の炎

Wie jetzt meine Hand zu deiner Hand kommt,
das Zudirwollen, das Dichumklammern,
das bin ich, das will zu Dir;

 いま ぼくの手が きみの手に触れるように

 きみに惹かれ きみを抱きしめる

 それがぼくなんだ きみを求めるぼくなんだ

aber das Ich vergeht in dem Du...
Ich bin Dein Bub, aber wenn mir dann Hören und Sehen vergeht—
wo ist dann Dein Bub?

 でも そのぼくが きみのなかで消える……

 ぼくはきみの「坊や」 でも 耳も目もどこかへ消えたら

 きみの「坊や」は どこへいってしまうの？

MARSCHALLIN 元帥夫人	*(leise)* Du bist mein Bub, du bist mein Schatz! *(sehr innig)* Ich hab dich lieb! *(Umarmung)* （小声で） 可愛いひと あなたは 私の恋人よ！ （心をこめて） あなたが好き！（抱き合う）
OCTAVIAN オクタヴィアン	*(fährt auf)* Warum ist Tag? Ich will nicht den Tag! Für was ist der Tag! Da haben dich alle! Finster soll sein! （急に立ち上がって） なぜ昼になるんだろう？ 昼間なんてきらいだ！ 何のためにあるんだ 昼間なんて！ 昼間には きみはみんなのものになってしまう 暗いままならいいのに！

(Er stürzt ans Fenster, schließt es und zieht die Vorhänge zu. Man hört von fern ein leises Klingeln.)
(Marschallin lacht leise)

(オクタヴィアンは窓辺に駆け寄り,窓を閉め,カーテンを引く。遠くから,かすかに呼び鈴の音が聞こえる。)
(元帥夫人が軽く笑う)

OCTAVIAN
オクタヴィアン

Lachst du mich aus?

ぼくのこと 笑うの?

MARSCHALLIN
元帥夫人

(zärtlich)
Lach ich dich aus?

(やさしく)
あなたのことを 笑う?

OCTAVIAN
オクタヴィアン

Engel!

ぼくの天使!

MARSCHALLIN
元帥夫人

Schatz du, mein junger Schatz.
(wieder ein feines Klingeln)
Horch!

好きよ あなたは 私の若い恋人
(ふたたびかすかな呼び鈴の音)
ほら 聞いて!

OCTAVIAN
オクタヴィアン

Ich will nicht.

知るもんか

MARSCHALLIN
元帥夫人

Still, paß auf!

静かに! 気をつけて!

OCTAVIAN
オクタヴィアン

Ich will nichts hören! Was wird's denn sein?
(das Klingeln näher)

何も聞きたくない! いったい 何なんだ?
(呼び鈴の音が近くなる)

Sinds leicht Laufer mit Briefen und Komplimenten?
Vom Saurau, vom Hartig, vom portugieser Envoyé?
Hier kommt mir keiner herein. Hier bin ich der Herr!

使いの者? 手紙とか 挨拶の言葉とかの?
ザウラウとか ハルティッヒとか ポルトガルの大使とかからの?
ここには だれも入れるものか ここでは ぼくが主人なんだ!

Die kleine Tür in der Mitte geht auf und ein kleiner Neger in Gelb, behängt mit silbernen Schellen, ein Präsentierbrett mit der Schokolade tragend, trippelt über die Schwelle. Die Tür hinter dem Neger wird von unsichtbaren Händen geschlossen.

中央の扉が開き，銀の鈴を縫いつけた黄色の服を着た黒人の少年が，ココアのカップを載せた盆を持って，ちょこちょこと部屋に入ってくる。扉は少年の後ろで，見えない手によって閉められる。

MARSCHALLIN
元帥夫人

Schnell, da versteck Er sich! Das Frühstück ist's.
(Octavian gleitet hinter den Schirm)

速く そこに隠れて！ 朝食だわ
（オクタヴィアンは屏風の後ろに滑り込む）

Schmeiß Er doch seinen Degen hinters Bett!
(Octavian fährt nach dem Degen und versteckt ihn)
(Die Marschallin legt sich zurück, nachdem sie die Vorhänge zugezogen hat.)

その剣も ベッドの後ろに隠して！
（オクタヴィアンは剣を取り，隠す）
（元帥夫人はベッドのカーテンを閉め，身を横たえる。）

Der kleine Neger stellt das Servierbrett auf das kleine Tischchen, schiebt dieses nach vorne, rückt das Sofa hinter, verneigt sich dann tief gegen das Bett, die kleinen Arme über die Brust gekreuzt. Dann tanzt er zierlich nach rückwärts, immer das Gesicht dem Bette zugewandt. An der Tür verneigt er sich nochmals und verschwindet. Die Marschallin tritt zwischen den Bettvorhängen hervor. Sie hat einen leichten mit Pelz verbrämten Mantel umgeschlagen. Octavian kommt zwischen der Mauer und dem Wandschirm heraus.

黒人の少年は，盆を小さなテーブルの上に置き，それを前に押し出し，ソファーをその後ろに寄せる。小さな腕を胸の上で組みあわせ，ベッドの方に深くお辞儀をする。それから顔をベッドに向けたまま，可愛らしい踊るような足取りで後ろへ下がる。扉のところでもう一度お辞儀をし，姿を消す。元帥夫人がベッドのカーテンの間から現れる。毛皮で縁どりをした軽いガウンを羽織っている。オクタヴィアンが，壁と屏風の間から出てくる。

MARSCHALLIN
元帥夫人

Er Katzenkopf, Er Unvorsichtiger!
Läßt man in einer Dame Schlafzimmer seinen Degen herumliegen?
Hat Er keine besseren Gepflogenheiten?

あなたって うかつな人 不用心なんだから！
女の寝室に 剣を置きっぱなしに するなんて！
もう少し お行儀よくできないの？

OCTAVIAN
オクタヴィアン

Wenn Ihr zu dumm ist, wie ich mich benehm',
und wenn Ihr abgeht, daß ich kein Geübter in solchen Sachen bin,
dann weiß ich überhaupt nicht, was Sie an mir hat!

ぼくが バカな振る舞いばかりして
そういうことに不慣れなのが いやだというのなら
きみはいったい ぼくのどこがいいの？

MARSCHALLIN
元帥夫人

(zärtlich, auf dem Sofa)
Philosophier Er nicht, Herr Schatz, und komm Er her.
Jetzt wird gefrühstückt. Jedes Ding hat seine Zeit.

（ソファーに座り，情愛のこもった言い方で）
難しいことは言わないで　さあ　こっちへ来て！
朝食にしましょ　その時間ですもの

OCTAVIAN
オクタヴィアン

(setzt sich dicht neben sie. Sie frühstücken sehr zärtlich. Octavian legt sein Gesicht auf Ihr Knie. Sie streichelt sein Haar. Er blickt zu ihr auf. Leise.)
Marie Theres'!

（夫人の横にぴったり寄り添って座る。二人は仲睦まじく朝食をとる。オクタヴィアンは顔を夫人の膝にのせ，夫人は彼の髪をなでる。オクタヴィアンが夫人を見上げ，小声で言う。）
マリー・テレーズ！

MARSCHALLIN
元帥夫人

Octavian!

オクタヴィアン！

OCTAVIAN
オクタヴィアン

Bichette!

仔鹿ちゃん！

MARSCHALLIN
元帥夫人

Quinquin!

カンカン！

OCTAVIAN
オクタヴィアン

Mein Schatz!

大切な人！

MARSCHALLIN
元帥夫人

Mein Bub!
(sie frühstücken weiter.)

私の坊や！
（二人は朝食をとり続ける。）

OCTAVIAN
オクタヴィアン

(lustig)
Der Feldmarschall sitzt im krowatischen Wald
und jagt auf Bären und Luchsen.
Und ich, ich sitz hier, ich junges Blut, und jag' auf was?
(ausbrechend)
Ich hab ein Glück, ich hab ein Glück!

（うれしそうに）
元帥閣下は　今ごろ　クロアチアの森で
熊や山猫の　狩をしているんだ
そしてぼくは　若いぼくは　ここで何の狩をしている？
（感激して）
なんて幸せなんだ　このぼくは！

MARSCHALLIN 元帥夫人	*(indem ein Schatten über ihr Gesicht fliegt)* Laß Er den Feldmarschall in Ruh! Mir hat von ihm geträumt. （一瞬，顔を曇らせて） 主人のことは　言わないで！ わたし　主人の夢を見たの
OCTAVIAN オクタヴィアン	Heut nacht hat dir von ihm geträumt? Heut Nacht? ゆうべの夢に？　元帥の夢を　ゆうべ見たの？
MARSCHALLIN 元帥夫人	Ich schaff mir meine Träume nicht an. 見たくて見たわけじゃないわ
OCTAVIAN オクタヴィアン	Heut Nacht hat dir von deinem Mann geträumt? Heut Nacht? ゆうべ　ご主人の夢を　見たというの？　ゆうべ？
MARSCHALLIN 元帥夫人	Mach' Er nicht solche Augen. Ich kann nichts dafür. Er war auf einmal wieder zu Haus. そんな目で　見ないで　しかたないでしょ あの人　急に帰ってきたの
OCTAVIAN オクタヴィアン	*(leise)* Der Feldmarschall? （小声で） 元帥閣下が？
MARSCHALLIN 元帥夫人	Es war ein Lärm im Hof von Pferd und Leut und er war da. Vor Schreck war ich auf einmal wach, nein, schau nur, schau nur, wie kindisch ich bin: ich hör noch immer den Rumor im Hof. Ich bring's nicht aus dem Ohr. Hörst du leicht auch was? 中庭で　馬や人の物音がして　あの人が帰ってきたの わたし　びっくりして　目が覚めた　本当に　わたしって 子供みたいでしょ　あの物音が　聞こえるよう 耳から離れないの　あなたも何か　かすかに聞こえる？
OCTAVIAN オクタヴィアン	Ja freilich hör ich was, aber muß es denn dein Mann sein!? Denk dir doch, wo der ist: im Raitzenland, noch hinterwärts von Esseg. ああ　たしかに何か聞こえる　でも　ご主人のはずがある？ だって　ご主人は今　どこ？　ライツェンラントだよ エセックの向こうの

MARSCHALLIN / 元帥夫人

Ist das sicher sehr weit?
Na, dann wird's halt was anders sein. Dann is ja gut.

きっと すごく遠いところよね？
それなら 何か別の音だわ よかった

OCTAVIAN / オクタヴィアン

Du schaust so ängstlich drein, Theres!

心配そうだね テレーズ！

MARSCHALLIN / 元帥夫人

Weiß Er, Quinquin — wenn es auch weit ist —
Der Feldmarschall is halt sehr geschwind. Einmal —
(sie stockt)

だって カンカン たとえ遠くにいても
あの人は ものすごく 足が速いの いつかだって ——
（口ごもる）

OCTAVIAN / オクタヴィアン

(eifersüchtig)
Was war einmal?
(Marschallin zerstreut, horcht)

（嫉妬して）
いつかって なに？
（元帥夫人は上の空の様子で、耳を傾けている）

(eifersüchtig)
Was war einmal? Bichette!
Bichette! Was war einmal?

（嫉妬して）
いつかって なに？ ビシェット！
ねえ いつかって 何があったの？

MARSCHALLIN / 元帥夫人

Ach sei Er gut, Er muß nicht alles wissen.

ごめんなさい あなたは 知らなくていいの

OCTAVIAN / オクタヴィアン

(wirft sich verzweifelt aufs Sofa)
So spielt sie sich mit mir! Ich bin ein unglücklicher Mensch!

（絶望してソファーに倒れ込む）
そうやって ぼくをからかうんだ きみは！ ひどいよ！

MARSCHALLIN 元帥夫人	*(horcht)* Jetzt trotz' Er nicht. Jetzt gilt's: es ist der Feldmarschall. Wenn es ein Fremder wär', so wär' der Lärm da draußen in meinem Vorzimmer. Es muß mein Mann sein, der durch die Garderob' herein will und mit den Lakaien disputiert. Quinquin, es ist mein Mann! *(Octavian fährt nach seinem Degen und läuft gegen rechts.)* （じっと耳を傾けながら） だだをこねないで　まあ　大変　あの人だわ！ ほかの人なら　物音は　控えの間のはず 主人に違いない　着替えの間から　入ってこようとして 召使いたちと　言い争っているんだわ カンカン　あれは主人よ！ （オクタヴィアンは剣を手に取り，右の方へ走る） Nicht dort, dort ist das Vorzimmer. Da sitzen meine Lieferanten und ein halbes Dutzend Lakaien. Da! *(Octavian läuft hinüber zur kleinen Tür.)* そこはだめ　そこは控えの間よ 出入りの者や　召使いたちが　たくさんいるわ こちらへ！ （オクタヴィアンは小さな扉の方へ走る。） Zu spät! Sie sind schon in der Garderob! Jetzt bleibt nur eins! Versteck' Er sich! *(Nach einer kurzen Pause der Ratlosigkeit)* Dort! 間に合わない！　もう着替えの間に　きてしまったわ！ こうなったら　しかたないわ！ 隠れて！ （しばらくうろたえた後） あそこに！
OCTAVIAN オクタヴィアン	Ich spring' ihm in den Weg! Ich bleib' bei dir. ご主人の前に　飛び出すさ！　ぼくはここにいる！
MARSCHALLIN 元帥夫人	Dort hinters Bett! Dort in die Vorhäng'! Und rühr dich nicht! そこよ　ベッドの後ろ！　カーテンの陰！　じっとしていて！

OCTAVIAN オクタヴィアン	*(zögernd)* Wenn er mich dort erwischt, was wird aus dir, Theres?	

(うろたえて)
ご主人に見つかったら　きみはどうなるの？
テレーズ？

MARSCHALLIN 元帥夫人	*(flehend)* Versteck Er sich, mein Schatz.	

(必死な様子で)
お願い　隠れて！

OCTAVIAN オクタヴィアン	*(beim Wandschirm)* Theres!	

(屏風のそばで)
テレーズ！

MARSCHALLIN 元帥夫人	*(ungeduldig aufstampfend)* Sei Er ganz still! *(mit blitzenden Augen)* Das möcht' ich sehn, ob einer sich dort hinübertraut, wenn ich hier steh'. Ich bin kein napolitanischer General: wo ich steh', steh' ich.	

(地団駄踏んで)
静かにしてちょうだい！
(目を輝かせて)
大丈夫　私がここに　立っていれば
だれもそこへは　行けやしないわ
腰抜けのナポリの将軍じゃあるまいし　一歩も退かないわ

(Sie geht energisch gegen die kleine Tür vor und horcht.)
Sind brave Kerl'n, meine Lakaien, wollen ihn nicht herein lassen,
sagen, daß ich schlaf! Sehr brave Kerl'n!
(der Lärm in der Garderobe wird immer größer.)
(aufhorchend)

(勢い込んで小さな扉に駆け寄り，聞き耳を立てる。)
召使いたち　感心だわ　こちらへ通すまいとして
まだおやすみですって言ってる　本当に感心なこと！
(着替えの間の物音が，次第に大きくなる。)
(耳をすます)

Die Stimm'!
Das ist ja gar nicht die Stimm' vom Feldmarschall!
Sie sagen „Herr Baron" zu ihm! Das ist ein Fremder.

あの声！
あれは　あの人の声じゃない！
召使いたちが　「男爵さま」って　呼んでいる　よその人だわ

(lustig)
Quinquin, es ist ein Besuch.
(sie lacht)

（うれしそうに）
カンカン　お客様よ
（笑う）

Fahr Er schnell in seine Kleider,
aber bleib Er versteckt,
daß die Lakaien Ihn nicht sehen.

早く　服を着て！
でも　そのまま　隠れているのよ
召使いたちに　見つからないように

Die blöde große Stimm' müßte ich doch kennen.
Wer ist denn das? Herrgott, das ist der Ochs.
Das ist mein Vetter, der Lerchenau, der Ochs auf Lerchenau.
Was will denn der? Jesus Maria!
(sie muß lachen)

あの荒っぽい大声は　聞き覚えがあるわ
だれだったかしら？　そうだ　オックスよ
いとこのオックス　レルヘナウのオックスだわ
いったい　何の用かしら　まったく　もう！
（思わず笑う）

Quinquin, hört Er,
Quinquin, erinnert Er sich nicht?
(sie geht ein paar Schritte nach links hinüber.)
Vor fünf — sechs Tagen — den Brief —

カンカン　ねえ　あなた
覚えているでしょ？
（数歩，左の方に歩いていって）
五，六日前だったかしら　ほら　手紙よ

Wir sind im Wagen gesessen,
und einen Brief haben sie mir an den Wagenschlag gebracht.
Das war der Brief vom Ochs.
Und ich hab keine Ahnung, was drin gestanden ist.
(lacht)
Daran ist Er allein schuldig, Quinquin!

私たちが　馬車に乗っていたとき
手紙を　渡されたじゃない　私あてに
あれは　オックスからの　手紙だったのよ
私　全然読んでないの
（笑って）
そうなったのも　あなたのせいよ　カンカン！

STIMME DES HAUSHOFMEISTERS 執事の声	*(draußen)* Belieben Euer Gnaden in der Galerie zu warten!	

（ドアの外で）
閣下　どうか　廊下で　お待ちください！

STIMME DES BARONS オックス男爵の声	*(draußen)* Wo hat Er seine Manieren gelernt? Der Baron Lerchenau antichambriert nicht.	

（ドアの外で）
貴様　どこで礼儀を教わった？
男爵レルヘナウは　控え室で待ったりは　せんのだ

MARSCHALLIN 元帥夫人	Quinquin, was treibt Er denn? Wo steckt Er denn?	

カンカン　あなた　いったい何をしているの？
どこに　隠れているの？

OCTAVIAN オクタヴィアン	*(in einem Frauenrock und Jäckchen, das Haar mit einem Schnupftuch und einem Bande wie in einem Häubchen, tritt hervor und knickst)* Befehl'n fürstli' Gnad'n, i bin halt noch nit recht lang in fürstli'n Dienst.	

（女物のスカートと胴着を身に着け，髪はハンカチとリボンで頭巾をかぶっているようにして姿を現し，膝を折って礼をする）
奥方さま　まだ　ご奉公さして　あんまり　たってねえもんですから

MARSCHALLIN 元帥夫人	Du, Schatz! Und nicht einmal mehr als ein Busserl kann ich dir geben. *(Sie küßt ihn schnell. Neuer Lärm draußen.)*	

まあ　あなたったら！
でも　キスはひとつだけよ
（夫人はオクタヴィアンに急いでキスする。ドアの向こうで新たな物音。）

Er bricht mir ja die Tür ein, der Herr Vetter.
Mach Er, daß Er hinauskomm'.
Schlief' Er frech durch die Lakaien durch.
Er ist ein blitzgescheiter Lump! Und komm' Er wieder, Schatz, aber in Mannskleidern und durch die vordre Tür, wenn's Ihm beliebt.

ドアを壊すつもりかしら　あの人
さあ　早く逃げて！
召使いたちの間を　平然と通り抜けていくの
あなたは　すばしっこいから！そして　また来てちょうだい
でも　男の服を着て　表のドアからよ　いいわね

Octavian geht schnell gegen die kleine Tür und will hinaus. Im gleichen Augenblick wird die Tür aufgerissen, und Baron Ochs, den die Lakaien vergeblich abzuhalten suchen, tritt ein. Die Marschallin setzt sich mit dem Rücken gegen die Tür und beginnt, ihre Schokolade zu trinken.

オクタヴィアンは急いで小さなドアの方へ行き，出て行こうとする。ちょうどそのとき，そのドアが勢いよく開けられ，召使いたちが押しとどめようとするにもかかわらず，オックス男爵が入ってくる。元帥夫人はドアに背を向けて座り，ココアを飲み始める。

BARON (mit Grandezza zu den Lakaien)
オックス男爵 Selbstverständlich empfängt mich Ihro Gnaden.

（召使いたちに，尊大な態度で）
もちろん　奥様は　お会いになる

Octavian, der mit gesenktem Kopf rasch entwischen wollte, stößt mit ihm zusammen. Dann drückt er sich verlegen an die Wand links an der Tür. Drei Lakaien sind gleichzeitig mit dem Baron eingetreten, stehen ratlos.

うつむいてすばやく逃げようとしたオクタヴィアンは，男爵とぶつかり，当惑してドアの左側の壁に身を寄せる。三人の召使いが男爵といっしょに入ってきて，途方に暮れている。

BARON (Er geht nach vorn, die Lakaien zu seiner Linken suchen ihm den Weg zu vertreten.)
男爵 (zu Octavian mit Interesse)
Pardon, mein hübsches Kind!

（前へ進み出る。左側にいる召使いたちが，行く手を阻もうとする。）
（オクタヴィアンに興味を示して）
これは失礼　可愛い　お嬢さん！

OCTAVIAN (dreht sich verlegen gegen die Wand)
オクタヴィアン
（困惑して，壁のほうを向く）

BARON (mit Grazie und Herablassung)
男爵 Ich sag': Pardon, mein hübsches Kind.

（如才なく，慇懃に）
失礼　可愛い　お嬢さん　って言ったんだよ

MARSCHALLIN (sieht über die Schulter, steht dann auf und kommt dem Baron entgegen.)
元帥夫人
（肩越しに様子を見ながら立ち上がり，男爵のほうへ行く。）

BARON (galant zu Octavian)
男爵 Ich hab' Ihr doch nicht ernstlich weh getan?

（オクタヴィアンに，愛想よく）
痛くなかったかい？

LAKAIEN (zupfen den Baron, leise)
召使いたち Ihre fürstlichen Gnaden!
(Baron macht die französische Reverenz mit zwei Wiederholungen)

（男爵の裾を軽く引っ張り，小声で）
奥様が！
（男爵はフランス式の敬礼を二度繰り返す）

MARSCHALLIN
元帥夫人

Euer Liebden sehen vortrefflich aus.
たいそう　ご機嫌のようね

BARON
男爵

(verneigt sich nochmals, dann zu den Lakaien)
Sieht Er jetzt wohl, daß Ihre Gnaden entzückt ist, mich zu sehn.
（もう一度お辞儀をし，召使いたちに向かって）
それ見ろ　奥様はわしに会えて　大喜びだろうが

(Auf die Marschallin zu, mit weltmännischer Leichtigkeit, indem er ihr die Hand reicht und sie vorführt.)
(Ruhig)
Und wie sollten Euer Gnaden nicht!
（夫人の方へ進み，世慣れた軽い身のこなしで手を差しのべ，前へ導く。）
（平然と）
喜ばないはずが　あるもんか！

Was tut die frühe Stunde unter Personen von Stand?
Hab' ich nicht seinerzeit wahrhaftig Tag für Tag
unsrer Fürstin Brioche meine Aufwartung gemacht,
da sie im Bad gesessen ist,
mit nichts als einem kleinen Wandschirm zwischen ihr und mir.

身分の高い人々は　朝の早い時間だって　かまわない
わしなんざ昔　毎日
ブリオシュ公爵夫人が
入浴している間　お待ち申し上げたもんさ
夫人とわしとの間には　小さな屛風があるだけでな

(Octavian ist an der Wand gegen den Alkoven hin geschlichen, macht sich möglichst unsichtbar beim Bett zu schaffen.)
(Auf einen Wink der Marschallin haben die Lakaien ein kleines Sofa und einen Armstuhl nach vorne getragen und sind dann abgegangen.)
（オクタヴィアンは壁に沿ってくぼみの方へそっと歩いてゆき，できるだけ目立たないようにベッドの辺りを片づけている。）
（元帥夫人の指示で，召使いたちが小さなソファーと肘掛け椅子を前へ運び，そのあと立ち去る。）

Ich muß mich wundern.
(zornig umschauend)
wenn Euer Gnaden Livree —

あきれたものだ。
（怒った様子で見回して）
貴女のところの　召使いたちときたら……

MARSCHALLIN 元帥夫人	*(setzt sich auf das Sofa, nachdem sie dem Baron den Platz auf dem Armstuhl angeboten hat.)* Verzeihen Sie! Man hat sich betragen, wie es befohlen. Ich hatte diesen Morgen die Migräne. （男爵に肘掛け椅子をすすめ，自分はソファーに腰掛けて） ごめんなさい。 言われたとおりに　したのだと思うわ 私　今朝から　頭痛がして
BARON 男爵	*(versucht sich zu setzen, äußert okkupiert von der Anwesenheit der hübschen Kammerzofe. Für sich)* Ein hübsches Ding! Ein gutes saubres Kinderl! （腰掛けようとしながらも，可愛らしい小間使いにすっかり気を取られている。独白） きれいな娘だ！　気だての良さそうな　可愛いい娘だ！
MARSCHALLIN 元帥夫人	*(aufstehend, ihm zeremoniös aufs neue seinen Platz anbietend)* Ich bin auch jetzt noch nicht ganz wohl. *(Der Baron setzt sich zögernd und bemüht sich, der hübschen Zofe nicht völlig den Rücken zu kehren.)* （椅子から立ち上がり，儀式張った仕草であらためて男爵に椅子をすすめる） まだ　すっかり良くは　なっていないの （男爵はためらいがちに椅子に座るものの，可愛い小間使いにすっかり背を向けまいとする。）
MARSCHALLIN 元帥夫人	Der Vetter wird darum vielleicht die Gnade haben — 許してくださるわよね
BARON 男爵	Natürlich. *(Er dreht sich um, um Octavian zu sehen.)* もちろん （オクタヴィアンを見ようと振り返る。）
MARSCHALLIN 元帥夫人	Meine Kammerzofe, ein junges Ding vom Lande. Ich muß fürchten, sie inkommodiert Euer Liebden. あの小間使いは　田舎の娘なの 失礼なことが　なければいいけど

第1幕

BARON / 男爵
Ganz allerliebst!
Wie? Nicht im geringsten! Mich? Im Gegenteil!
(Er winkt Octavian mit der Hand, dann zur Marschallin.)
Euer Gnaden werden vielleicht verwundert sein, daß ich als Bräutigam
(sieht sich um)
indes — inzwischen —

じつに可愛い！
えっ？　いや　全然　私に失礼？　とんでもない！
（オクタヴィアンに手で合図をする。それから元帥夫人に）
驚かれたことでしょう　この私が　花婿ということで……
（振り返る）
じつは　このあいだ……

MARSCHALLIN / 元帥夫人
Als Bräutigam?

あなたが　花婿？

BARON / 男爵
Ja, wie Euer Gnaden denn doch wohl aus meinem Brief genugsam —
(für sich)
Ein Grasaff', appetitlich, keine fünfzehn Jahr!

ええ　差し上げた手紙で　もうじゅうぶん　ご存じでしょうが……
（独白）
食指をそそる　おぼこ娘だ　まだ十五にもなっていないだろう！

MARSCHALLIN / 元帥夫人
(erleichtert)
Der Brief, natürlich, ja, der Brief, wer ist denn nur die Glückliche?
Ich hab' den Namen auf der Zunge.

（ほっとした様子で）
手紙　あっ　そうそう　手紙ね　誰でしたっけ　お相手は？
お名前は　ええと　たしか……

BARON / 男爵
Wie?
(nach rückwarts)
Pudeljung! Gesund! Gewaschen! Allerliebst!

えっ？
（後ろを見て）
ピチピチしてる　元気で　きれいだ　じつに可愛い！

第 1 幕

MARSCHALLIN
元帥夫人

Wer ist nur schnell die Braut!?

ねえ 花嫁は どなたなの？

BARON
男爵

Das Fräulein Faninal.
(mit leichtem Unmut)
Habe Euer Gnaden den Namen nicht verheimlicht.

ファーニナルですよ
（少し機嫌を損ねて）
名前は 手紙に 書いてあったでしょうが

MARSCHALLIN
元帥夫人

Natürlich! Wo hab' ich meinen Kopf?
Bloß die Famili. Sinds keine Hiesigen?
(Octavian macht sich mit dem Servierbrett zu tun, wodurch er mehr hinter den Rücken des Barons kommt)

そうそう！ 忘れてしまうなんて 私 どうかしているわ
でも そのお名前 この土地の人じゃないの？
（オクタヴィアンは盆を片づけようとして，男爵のすぐ後ろに来る）

BARON
男爵

Jawohl, Euer Gnaden,
(mit Nachdruck)
es sind Hiesige.

いえいえ
（力をこめて）
この土地の者です

Ein durch die Gnade Ihrer Majestät Geadelter.
Er hat die Lieferung für die Armee, die in den Niederlanden steht.
(Marschallin bedeutet Octavian ungeduldig mit den Augen, er solle sich fortmachen)

皇后陛下の思し召しにより 貴族の称号をいただいた家で
オランダ駐在の軍隊に 物資を調達している商人です
（元帥夫人はオクタヴィアンに，早く向こうへ行けと目で合図をする）

(mißversteht der Marschallin Miene vollständig)
Ich seh, Euer Gnaden runzeln Dero schöne Stirn ob der Mesalliance.
Allein daß ich es sage, das Mädchen ist für einen Engel hübsch genug.
Kommt frischweg aus dem Kloster. Ist das einzige Kind.

（元帥夫人のしぐさを完全に取り違えて）
お見受けするところ 不釣り合いな縁組みと
お考えのようですな
しかしですよ 天使のように 可愛い娘で
修道院から 出てきたばかり しかも一人娘

(stärker)
Dem Mann gehören zwölf Häuser auf der Wied'n nebst dem Palais am Hof.
Und seine Gesundheit
(schmunzelnd)
soll nicht die beste sein.

　　　　（声を大きくして）
　　　　父親は　宮殿のすぐ近くの邸宅のほか　郊外に家を
　　　　十二も持っています
　　　　しかもこの父親　体の具合が
　　　　（ほくそ笑んで）
　　　　あまり　よろしくないそうで

MARSCHALLIN
元帥夫人
Mein lieber Vetter, ich kapier schon, wieviel's geschlagen hat.
(winkt Octavian, den Rückzug zu nehmen)
なるほど　わかったわ　有利な縁組み　というわけね
（オクタヴィアンに出て行くよう，合図をする）

BARON
男爵
Und mit Verlaub von Euer fürstlichen Gnaden,
ich dünke mir, gut's adeliges Blut genug im Leib zu haben für ihrer Zwei:
man bleibt doch schließlich, was man ist, Corpo di bacco!

　それにこの私，自慢じゃないが　貴族の血ということなら
　たっぷり二人分は　持っているといっていい
　そりゃあ　やっぱり　なんてたって　血筋は　ごまかせない！

Den Vortritt, wo er ihr gebührt, wird man der Frau Gemahlin
noch zu verschaffen wissen, und was die Kinder anlangt, wenn
sie denen den goldnen Schlüssel nicht konzedieren werden —
Va bene!
Sie werden sich mit den zwölf eisernen Schlüsseln
zu den zwölf Häusern auf der Wied'n zu getrösten wissen.

　夫が貴族なら　その妻となる者にも　しかるべき
　敬意が払われる　生まれてくる　子供たちだって
　金の鍵など　もらえなくても　かまいはしない！
　十二人がそれぞれ　ヴィーデンの家の　鉄の鍵をもらえれば
　じゅうぶん　満足できるはず

MARSCHALLIN
元帥夫人
Gewiß! O sicherlich, dem Vetter seine Kinder, die werden keine Don Quixotten sein!
(Octavian will mit dem Servierbrett rückwärts zur Tür hin)
ええ　きっと　そうね！　あなたのお子さんが
ドン・キホーテの　はずはないですもの！
（オクタヴィアンが盆を持って後ろへ下がり，ドアの方へ行こうとする）

BARON 男爵	Warum hinaus die Schokolade! Geruhen nur! Da! Pst, pst, wieso denn! *(Octavian steht unschlüssig, das Gesicht abgewendet)*	

そのココア さげなくていい！ いいから そのまま！
そこ ほら そこに！
（オクタヴィアンは心を決めかね，顔を背けて立っている）

MARSCHALLIN 元帥夫人	Fort, geh Sie nur!	

下がりなさい さあ もう行って！

BARON 男爵	Wenn ich Euer Gnaden gestehe, daß ich noch so gut wie nüchtern bin.	

じつを申し上げると
朝から まだほとんど 何も食べていなくって

MARSCHALLIN 元帥夫人	*(resigniert)* Mariandl, komm Sie her. Servier Sie Seiner Liebden. *(Octavian kommt, serviert.)*	

（しかたないという様子で）
マリアンデル いらっしゃい このお方にお食事を差し上げて
（オクタヴィアンは戻り，給仕する）

BARON 男爵	*(nimmt eine Tasse, bedient sich)* So gut wie nüchtern, Euer Gnaden. Sitz im Reisewagen seit fünf Uhr Früh.	

（カップを手に取り，食事を始める）
腹ペコですよ 朝五時から
馬車で 揺られ通しでしたから

Recht ein gestelltes Ding!
(zu Octavian)
Bleib Sie hier, mein Herz.
Ich hab' Ihr was zu sagen.

じつに 可愛い娘だ！
（オクタヴィアンに）
ここにいなさい いいね
きみに 話があるんだ

(zur Marschallin, laut)
Meine ganze Livree, Stallpagen, Jäger, alles ——
(er frißt)
Alles unten im Hof zusammt meinem Almosenier.

（元帥夫人に，大きな声で）
私の召使いたち 駅者 狩猟係 それに 布教師まで——
（朝食をむさぼる）
みんな 下の中庭に おるんですよ

MARSCHALLIN 元帥夫人	*(zu Octavian)* Geh Sie nur.	

　　　　　　　　（オクタヴィアンに）
　　　　　　　　さあ　行きなさい

BARON 男爵	*(zu Octavian)* Hat Sie noch ein Biskoterl? Bleib' Sie doch! *(leise)* Sie ist ein süßer Engelsschatz, ein sauberer.	

　　　　　　　　（オクタヴィアンに）
　　　　　　　　もうひとつ　ビスケットを　もらえるかね？　いいから　こ
　　　　　　　　こにいなさい！
　　　　　　　　（小声で）
　　　　　　　　可愛いねえ　きみ　天使みたいだ

(zur Marschallin)
Sind auf dem Wege zum „Weißen Rosse", wo wir logieren,
heißt bis übermorgen ——
(halblaut zu Octavian)
Ich gäb was schönes drum, mit Ihr ——

　　　　　　　　（元帥夫人に）
　　　　　　　　これから　"白馬亭" に行って　そこで泊まって
　　　　　　　　あさってには ——
　　　　　　　　（声を少し小さくして，オクタヴィアンに）
　　　　　　　　いいもの　あげるよ　私といっしょに ——

(zur Marschallin, sehr laut)
bis übermorgen ——
(schnell zu Octavian)
unter vier Augen zu scharmutzieren! Wie?

　　　　　　　　（元帥夫人に，ひじょうに大きな声で）
　　　　　　　　あさってには ——
　　　　　　　　（早口で，オクタヴィアンに）
　　　　　　　　ふたりっきりで　仲良くしたらな！　どうだ？

(Marschallin muß lachen über Octavians freches Komödienspiel)
（元帥夫人はオクタヴィアンの大胆なお芝居に，笑いをこらえられない）

BARON 男爵	*(zur Marschallin)* Dann ziehen wir ins Palais von Faninal. Natürlich muß ich vorher den Bräutigamsaufführer ——	

　　　　　　　　（元帥夫人に）
　　　　　　　　そう　あさってには　ファーニナル邸に
　　　　　　　　足を運ぶというわけで
　　　　　　　　むろん　その前に　花婿の代理人を ——

	(wütend zu Octavian) will Sie denn nicht warten? — an die wohlgeborne Jungfer Braut deputieren, der die silberne Rosen überbringt nach der hochadeligen Gepflogenheit.

(オクタヴィアンに，怒った声で)
おい　待ってくれんのか？
清純な花嫁のもとへ　遣わして
銀のばらを　届けてもらいます
我われ貴族の　作法に従って

MARSCHALLIN 元帥夫人	Und wen von der Verwandtschaft haben Euer Liebden für dieses Ehrenamt ausersehn?

それで　あなた　親類のうちの誰を
この大役に　選ぶつもりなの？

BARON 男爵	Die Begierde, darüber Euer Gnaden Ratschlag einzuholen, hat mich so kühn gemacht, in Reisekleidern bei Dero heutigem Lever ——

そのことで　あなたから　お知恵を借りたくて
敢えてこうして　旅の姿で　朝早くから
あなたを　お訪ねして ——

MARSCHALLIN 元帥夫人	Von mir?

私から？

BARON 男爵	Gemäß brieflich in aller Devotion getaner Bitte. Ich bin doch nicht so unglücklich, mit dieser devotesten Supplik Dero Mißfallen... *(lehnt sich zurück)(zu Octavian)* Sie könnte mit mir machen, was Sie wollte. Sie hat das Zeug dazu!

書面により　くれぐれもよろしくと　お願いしたとおりで
まさか　この丁重なる私のお願い　嫌とおっしゃったりは……
(椅子の背にもたれる)(オクタヴィアンに向かって)
きみの望みは　何でも聞いてあげよう
きみみたいに　可愛い娘なら！

MARSCHALLIN 元帥夫人	Wie denn, natürlich! Einen Aufführer für Euer Liebden ersten Bräutigamsbesuch aus der Verwandtschaft —— wen denn nur? den Vetter Preysing? Wie? Den Vetter Lamberg? Ich werde ——

  まさか　喜んで　相談に乗りましょう
  代理人として
  あなたの花嫁に　最初に銀のばらを　届ける人ね
  親類のなかで　誰がいいかしら？
  いとこのプライジング？　どう？　それとも　ランベルク？
  私としては……

BARON 男爵	Dies liegt in Euer Gnaden allerschönsten Händen.

  すべて　あなたに　おまかせします

MARSCHALLIN 元帥夫人	Ganz gut. Will Er mit mir zu Abend essen, Vetter? Sagen wir morgen, will Er? Dann proponier' ich Ihm einen.

  いいわ　夕食でも　ご一緒しながら　決めましょうか？
  そうね　明日の晩　よろしいかしら？　そのときには
  だれかひとり　推薦してあげられるでしょう

BARON 男爵	Euer Gnaden sind die Herablassung selber.

  まことに　かたじけない。

MARSCHALLIN 元帥夫人	*(will aufstehen)* Indes ——

  （立ち上がろうとして）
  それじゃあ……

BARON 男爵	*(halblaut)* Daß Sie mir wiederkommt! Ich geh' nicht eher fort!

  （少し声を低くして）
  あの子に　戻ってきてほしい！　でなきゃ
  ここを動きませんぞ！

MARSCHALLIN 元帥夫人	*(für sich)* Oho! *(laut)* Bleib' Sie nur da! Kann ich dem Vetter für jetzt noch dienlich sein? （独白） まあ　驚いた！ （大きな声で） そこにいなさい！　まだ何か ご用は　おありなの？
BARON 男爵	Ich schäme mich bereits: An Euer Gnaden Notari eine Rekommandation wär' mir lieb. Es handelt sich um den Ehvertrag. 厚かましいのは　百も承知ですが あなたの公証人を　ご紹介いただけると　ありがたい 結婚契約書の件で
MARSCHALLIN 元帥夫人	Mein Notari kommt öfters des Morgens. Schau' Sie doch, Mariandel, ob er nicht in der Antichambre ist und wartet. うちの公証人は　よく午前中に　来ますのよ 見てきてちょうだい　マリアンデル！ 公証人様が　控えの間で　お待ちでないか
BARON 男爵	Wozu das Kammerzofel? Euer Gnaden beraubt sich der Bedienung um meinetwillen. *(hält sie auf)* その小間使いに　行かせることは　ないでしょう 給仕する者が　いなくなりますよ 私のために （オクタヴィアンを引きとめる）
MARSCHALLIN 元帥夫人	Laß Er doch, Vetter, Sie mag ruhig gehn. 構いません　いいから　行きなさい

BARON 男爵	*(lebhaft)* Das geb' ich nicht zu, bleib' Sie hier zu Ihrer Gnaden Wink. Es kommt gleich wer von der Livree herein. Ich ließ ein solches Goldkind, meiner Seel', nicht unter das infame Lakaienvolk. *(streichelt sie)*	

（張り切って）
それは いけません 奥様にお仕えするために
ここにいなさい
もうじき 召使いの誰かが やってきますよ
こんな可愛い子を 粗野な従僕連中の ところへなんぞ
断じて やれるもんですか
（オクタヴィアンをやさしく撫でる）

MARSCHALLIN 元帥夫人	Euer Liebden sind allzu besorgt. *(Haushofmeister tritt ein.)*

まあ ずいぶんと ご心配くださるのね
（執事が入ってくる）

BARON 男爵	Da, hab' ich's nicht gesagt? Er wird Euer Gnaden zu melden haben.

ほら 私が言った とおりでしょうが？
何か 報告しに 来たようだ

MARSCHALLIN 元帥夫人	*(zum Haushofmeister)* Struhan, hab' ich meinen Notari in der Vorkammer warten?

（執事に）
シュトルーアン うちの公証人は もう 控えの間で
待っている？

HAUSHOFMEISTER 執事	Fürstliche Gnaden haben den Notari, dann den Verwalter, dann den Küchenchef, dann von Exzellenz Silva hergeschickt ein Sänger mit einem Flötisten. *(trocken)* Ansonsten das gewöhnliche Bagagi.

公証人は 来ております
そのほか 管理人 料理長
シルヴァ様から遣わされた
歌手 それにフルート吹き
（ひややかに）
あとは いつもの 卑しい者たちで

BARON 男爵	*(hat seinen Stuhl hinter den breiten Rücken des Haushofmeisters geschoben, ergreift zärtlich die Hand der vermeintlichen Zofe.)* Hat Sie schon einmal mit einem Kavalier im tête-à-tête zu Abend gegessen? *(Octavian tut sehr verlegen)* （執事の広い背中のかげで，自分の椅子をずらし，小間使いになりすましたオクタヴィアンの手をやさしく握る。） きみは　これまでに 貴族の男と　差し向かいで 夕食を　食べたことが　あるかね？ （オクタヴィアンは，ひどく当惑した素振りをする）
BARON 男爵	Nein? Da wird Sie Augen machen. Will Sie? ない？　それなら　きっと　びっくりするぞ　来るかい？
OCTAVIAN オクタヴィアン	*(leise, verschämt)* Ich weiß halt nit, ob i dös derf. （小声で，恥ずかしそうに） わかんねえです　そんなこと　していいか
	(Marschallin, dem Haushofmeister unaufmerksam zuhörend, beobachtet die beiden, muß leise lachen.) *(Der Haushofmeister verneigt sich, tritt zurück, wodurch die Gruppe für den Blick der Marschallin frei wird.)* （元帥夫人は，執事の言うことを聞き流しながら，二人の様子を観察しているが，小声で笑わずにはいられない。） （執事はお辞儀をして退く。それにより，二人の様子が，元帥夫人から丸見えになる。）
MARSCHALLIN 元帥夫人	*(lachend zum Haushofmeister)* Warten lassen. *(Haushofmeister ab)* *(Der Baron setzt sich möglichst unbefangen zurecht.)* （笑いながら，執事に） 待たせておいて （執事が下がる） （男爵は精一杯さりげなく座り直す。）
MARSCHALLIN 元帥夫人	*(lachend)* Der Vetter ist, ich seh', kein Kostverächter. （笑いながら） あなたって　ずいぶん　お盛んなようね

BARON (*erleichtert*)
Mit Euer Gnaden
(*aufatmend*)
ist man frei daran. Da gibt's keine Flausen, keine Etikette, keine spanische Tuerei!
(*Er küßt der Marschallin die Hand.*)

(ほっとした様子で)
あなたのところでは
(深く息を吸って)
気兼ねは無用　めんどうな礼儀作法も　エチケットも
スペイン風の　気取った振る舞いも　必要ない！
(と，元帥夫人の手にキスをする。)

MARSCHALLIN (*amüsiert*)
Aber wo Er doch ein Bräutigam ist?

(面白がって)
でも　あなた　花婿に　なるんでしょ？

BARON (*halb aufstehend, ihr genähert*)
Macht das einen lahmen Esel aus mir?
Bin ich da nicht wie ein guter Hund auf einer guten Fährte?
Und doppelt scharf auf jedes Wild: nach links, nach rechts?

(椅子から腰を浮かせ，元帥夫人の方に身を乗り出して)
だからって　のろまなロバに　ならなきゃいけない
とでも？
私は　嗅覚の鋭い　優秀な猟犬って　とこですよ
獲物をしっかり嗅ぎ分けて　左へ行ったり　右へ行ったり

MARSCHALLIN
Ich seh', Euer Liebden betreiben es als Profession.

あなたって　なんだか　それが　お仕事みたいね

BARON (*ganz aufstehend*)
Das will ich meinen.
Wüßte nicht, welche mir besser behagen könnte.

(すっかり立ち上がって)
おっしゃるとおり
これ以上　楽しい仕事は　ありません

第 1 幕　　　　35

> Ich muß Euer Gnaden sehr bedauern,
> daß Euer Gnaden nur —— wie drück' ich mich aus ——
> die verteidigenden Erfahrungen besitzen.
> Parole d'honneur! Es geht nichts über die von der anderen Seite!

> あなたは　じつに　お気の毒です
> というのも　あなたは　ただ ── なんと言えばいいか ──
> 守備のことしか　ご存じない
> はっきり言って　攻撃にまさる　楽しみは　ないですよ！

MARSCHALLIN　*(lacht)*
元帥夫人　Ich glaube Ihm, daß die sehr mannigfaltig sind.

　(笑って)
　攻撃って　いろいろ　あるんでしょうね

BARON　Soviel Zeiten das Jahr, soviel Stunden der Tag,
男爵　das ist keine ——

　そりゃ　一年は春夏秋冬　一日は二十四時間
　いつだって……

MARSCHALLIN　Keine?
元帥夫人
　いつだって？

BARON　Wo nicht ——
男爵
　キューピッドから……

MARSCHALLIN　Wo nicht? ——
元帥夫人
　キューピッドから？

BARON　Wo nicht dem Knaben Cupido
男爵　ein Geschenkerl abzulisten wär!
　　　Dafür ist man kein Auerhahn und kein Hirsch,
　　　sondern ist man Herr der Schöpfung,
　　　daß man nicht nach dem Kalender forciert ist, halten zu Gnaden!

　そう　恋の神　キューピッドから
　贈り物を　くすね取れないときは　ないんです！
　なにせ　人間は　鳥や鹿とは　違って
　万物の霊長
　季節に　縛られたりは　しない　ありがたいことに！

Zum Exempel, der Mai ist recht lieb für's verliebte Geschäft,
das weiß jedes Kind,
aber ich sage:
Schöner ist Juni, Juli, August.
Da hat's Nächte!

　　たとえば　五月は　色事には　ぴったりの季節
　　それは　だれでも　知っている
　　でも　私に　言わせれば
　　もっといいのは　六月　七月　八月です
　　なにしろ　夜が　素晴らしいんで！

Da ist bei uns da droben so ein Zuzug
von jungen Mägden aus dem Böhmischen herüber;
ihrer zwei, dreie halt' ich oft
bis im November mir im Haus.

　　その季節になると　私らの田舎じゃ　ボヘミアから
　　若い娘たちが　ぞろぞろ　働きにやってきます
　　そのうちの　二人か三人は
　　十一月まで　引き留めておくんです

Dann erst schick' ich sie heim!
Zur Ernte kommen sie und sind auch ansonsten anstellig und
gut ——
(schmunzelnd)
dann erst schick' ich sie heim. ——

　　そのあと　故郷へ　送り返せばいい
　　収穫の季節にも　娘たちはやって来る　仕事以外でも　有能
　　で　うまくって……
　　〔にやにやしながら〕
　　あとで　故郷に　送り返せば　済むことで——

Und wie sich das mischt,
das junge, runde böhmische Völkel, schwer und süß,
mit denen im Wald und denen im Stall,
dem deutschen Schlag scharf und herb
wie ein Retzer Wein ——
wie sich das mischen tut!

　　取り合わせは　それこそ　いろいろ
　　若い　丸ポチャの　ボヘミア娘は　肥えていて　可愛らしい
　　木こりの娘もいれば　牛飼いの娘もいる
　　ドイツの血が　混ざっている娘は　ピリッと辛口で
　　あの辺りの　ワインと　同じですよ
　　混合の妙　ってとこですな！

Und überall steht was und lauert und schielt durch den Gattern,
und schleicht zueinander und liegt beieinander,
und überall singt was
und schupft sich in den Hüften
und melkt was
und mäht was
und plantscht und plätschert was im Bach und in der Pferde-
schwemm.

　　そこいらじゅうに　娘がいて　待ち伏せしたり
　　柵越しに覗いたり
　　そっと　忍び寄ったり　寝っころがったり
　　歌を歌ったり
　　尻を小突いたり
　　乳をしぼったり
　　草を刈ったり
　　小川や　馬の水飲み場で　ピチャピチャ　ジャブジャブ

MARSCHALLIN　*(sehr amüsiert)*
元帥夫人　Und Er ist überall dahinter her?

　　（大いに面白がって）
　　あなた　それを　いつも　追っかけ回すの？

BARON　Wollt, ich könnt sein wie Jupiter selig in tausend Gestalten!
男爵　Wär Verwendung für jede!

　　そう　願わくば　ジュピターみたいに　千の姿に
　　変身したい！
　　そうすれば　どの娘の　相手も　思いのまま！

MARSCHALLIN　Wie, auch für den Stier? So grob will Er sein?
元帥夫人　Oder möchte Er die Wolken spielen und daher gesäuselt
　　kommen
　　als ein Streiferl nasse Luft?

　　まあ　雄牛に変身して　暴れ回ろうというの？
　　それとも　雲に姿を変えて　湿った風として
　　吹き寄せて　くるつもり？

BARON　*(sehr munter)*
男爵　Je nachdem, all's je nachdem.
　　Das Frauenzimmer hat gar vielerlei Arten, wie es will genom-
　　men sein.

　　（すこぶる上機嫌に）
　　そりゃ　もう　相手しだい
　　女性というは　千差万別

Da ist die demütige Magd.
Und da die trotzige Teufelskreatur,
haut dir die schwere Stalltür an den Schädel ——

 おとなしい娘もいれば
 悪魔のように　強情な娘もいて
 牛小屋の戸に　頭をぶつける羽目にも　なりかねない

Und da ist, die kichernd und schluchzend den Kopf verliert,
die hab' ich gern

 それに　クスクス笑ったり　シクシク泣いて　頭がボーッと
 してしまう娘　これは　いい　たまりません

und jener wieder, der sitzt im Auge ein kalter, rechnender Satan.
Aber es kommt eine Stunde,
da flackert dieses lauernde Auge,
und der Satan,
indem er ersterbende Blicke dazwischen schießt,

 それから　眼に冷たい　計算高い悪魔が　宿っているような
 娘もいます
 しかし　これが　しばらくすると
 その眼が　しだいに　燃えてくる
 そこにいる悪魔は
 必死で　睨みつけようとするが　無駄なこと

(mit Gusto)
der würzt mir die Mahlzeit unvergleichlich.

 （舌なめずりをするように）
 胡椒の効いた　この味は　まさに　天下一品

MARSCHALLIN
元帥夫人
Er selber ist einer, meiner Seel'!

 悪魔って　それは　あなたのことでしょ　きっと！

BARON
男爵
Und wär eine —— haben die Gnad' —— die keiner anschaut:
Im schmutzigen Kittel schlumpt sie her,
hockt in der Asche hinterm Herd ——
die, wo du sie angehst zum richtigen Stündl ——
die hat's in sich!

 そして次は ——可哀そうに ——誰にも相手にされない娘
 汚れた服を着て
 かまどの後ろで　灰の中に　しゃがみ込んでいる
 頃合いを　見計らって　攻撃すれば
 これまた　たいへん　結構なもの！

Ein solches Staunen
gar nicht begreifen können
und Angst und Scham;

びっくり仰天

何がなんだか わからずに

おっかないやら 恥ずかしいやら

und auf die letzt so eine rasende Seligkeit,
daß sich der Herr,
der gnädige Herr
herabgelassen gar zu ihrer Niedrigkeit!

ところがこれが 最後には 狂わんばかりの 大喜び

これには 神様も

慈悲深い 神様も

つい つられて 御降臨あそばすというもの！

MARSCHALLIN / 元帥夫人
Er weiß mehr als das ABC!

まあ ずいぶん よくご存じだこと！

BARON / 男爵
(alles nur in halblaut vertraulichem Ton)
Da gibt es welche, die wollen beschlichen sein,
sanft, wie der Wind das frischgemähte Heu beschleicht.

（声を低くし，親密な口調で）

忍び寄られるのを 待ってる娘も いるんです

まるで 風が 刈りたての干し草を 撫でるよう

Und welche ——*(stark)* da gilt's,
wie ein Luchs hinterm Rücken heran
und den Melkstuhl gepackt,
daß sie taumelt und hinschlägt!
(behäbig schmunzelnd)
Muß halt ein Heu in der Nähe sein

そして そう （声を大きくして）これですよ！

山猫みたいに 後ろから 近づいて

乳搾りの椅子ごと つかまえる

娘がよろけて 倒れ込んだら

（にんまり笑って）

近くには 干し草が あってほしいもの！

(Octavian platzt lachend heraus)

（オクタヴィアンが吹きだして笑う）

MARSCHALLIN / 元帥夫人
Nein, Er agiert mir gar zu gut!
Laß Er mir doch das Kind!

ちょっと あなた 熱演のし過ぎよ！

この子のことも 考えてやって！

BARON
男爵

(sehr ungeniert zu Octavian)
Weiß mich ins engste Versteck zu bequemen,
weiß im Alkoven galant mich zu nehmen.
Hätte Verwendung für tausend Gestalten,
tausend Jungfern festzuhalten.

（まったく遠慮する様子もなく，オクタヴィアンに）
どんなに　狭苦しいところだって　へっちゃらだ
小部屋で　粋に振る舞うのも　お手のものだ
この私が　千の姿に　変身できるなら
千人の娘を　ものにできるだろうに

Wär'e mir keine zu junge, zu herbe,
keine zu niedrige, keine zu derbe!
Tät' mich für keinem Versteck nicht schämen,
seh' ich was Lieb's, ich muß mir's nehmen.

どんなに若くてもいい　無愛想でもいい
身分が低くても　下品でもかまわない！
どんな逢い引きも　恥とは思わない
可愛い娘がいれば　ものにせずには　いられない

OCTAVIAN
オクタヴィアン

(sofort wieder in seiner Rolle)
Na, zu dem Herrn, da ging' i net,
da hätt' i an Respekt,
na, was mir da passieren könnt',
da wär' i gar zu g'schreckt.

（すぐに小間使いの役にもどって）
やだ　このお方のとこには　行きませんです
遠慮させて　いただきますです
何が起こるか　わかんないです
おっかな過ぎますです

I waß net, was er meint,
i waß net, was er will.
Aber was z'viel is, das is zuviel.
Na, was mir da passieren könnt'.

何を　言ってらっしゃるか
何を　お望みか　わかんないです
やっぱり　おっかないのは　おっかないです
どんなことに　なるもんか

Das is ja net zum Sagen,
zu so an Herrn da ging' i net,
mir tat's die Red' verschlagen.
Da tät' sich unsereins mutwillig schaden:
(zur Marschallin)
I hab' so an Angst vor ihm, fürstliche Gnaden.

 言わなくても　わかりますです
 こんな方のとこには　行かないです
 なんて言えばいいか　わかんないですけど
 わたすら　きっと　ひどい目に　あいますです
 （元帥夫人に）
 奥様　わたす　このお方が　おっかないです

MARSCHALLIN
元帥夫人

Nein, Er agiert mir gar zu gut!
Er ist ein Rechter! Er ist der Wahre!
Laß Er mir doch das Kind!

 ちょっと　あなた　熱演が過ぎるわ！
 まったく　真に迫って　ありのままなんだから！
 この子は　そっとしておいてあげて！

Er ist ganz, was die andern dreiviertel sind.
Wie ich Ihn so seh', so seh' ich hübsch viele.
Das sind halt die Spiele, die Euch convenieren!

 あなたって　男の理想ってとこかしら
 あなたを見ると　男ってものが　よくわかるわ
 男の方にとっては　しょせん　遊びなのね！

Und wir, Herr Gott! Wir leiden den Schaden,
wir leiden den Spott,
und wir habens halt auch net anders verdient.
Und jetzt sackerlott, und jetzt sackerlott,

 そして　私たち女は　そうよ　傷付くの
 人から　あざけられるの
 そうなるほかは　ないのよ
 もう　たくさん　こりごりだわ

(mit gespielter Strenge)
jetzt laß Er das Kind!

 （芝居がかった厳しさで）
 この子は　そっとしておいて　くださいな！

BARON
男爵

(nimmt wieder würdevolle Haltung an)
Geben mir Euer Gnaden den Grasaff' da
zu meiner künftigen Frau Gemahlin Bedienung.

（威厳に満ちた態度を取りもどして）
できれば　この娘を　私の将来の妻の
小間使いに　下さいませんか

MARSCHALLIN
元帥夫人

Wie, meine Kleine da? Was sollte die?
Die Fräulein Braut wird schon versehen sein
und nicht anstehn auf Euer Liebden Auswahl.

えっ？　この子を？　また　どうしてです？
花嫁の小間使いなら　もう　決まっているはず
なにもあなたが　選ばなくても　いいでしょうに

BARON
男爵

Das ist ein feines Ding! Kreuzsackerlott!
Da ist ein Tropfen gutes Blut dabei!

なんてったって　彼女は　いい子だ！
血筋も　きっと　いいはず！

OCTAVIAN
オクタヴィアン

(für sich)
Ein Tropfen gutes Blut!

（独白）
血筋もいい　か！

MARSCHALLIN
元帥夫人

Euer Liebden haben ein scharfes Auge!

お目が高いこと！

BARON
男爵

Geziemt sich.
(vertraulich)
Find in der Ordnung, daß Personen von Stand
in solcher Weise von adeligem Blut bedient werden.
Führ' selbst ein Kind meiner Laune mit mir.

当然です
（内密な言い方で）
貴族が　こういう風にして　血筋の良い者に
かしずかれるのは　悪くないことです
私自身　気まぐれから出来た子を　そばに置いておりまして

OCTAVIAN
オクタヴィアン

(stets sehr belustigt zuhörend, für sich)
Ein Kind Seiner Laune?

（ずっと面白そうに聞いていて，独白）
気まぐれから出来た子？

MARSCHALLIN
元帥夫人

Wie? Gar ein Mädel? Das will ich nicht hoffen.
まあ　女の子？　それは　可哀そうだわ

BARON 男爵	*(stark)* Nein, einen Sohn.	

(強く)
いや　男の子です

MARSCHALLIN UND OCTAVIAN 元帥夫人と オクタヴィアン	Einen Sohn! 男の子！
BARON 男爵	Trägt lerchenauisches Gepräge im Gesicht. Halt ihn als Leiblakai.

ちゃんと　レルヘナウ家の　顔つきを　していますよ
側近の従僕に　しております

MARSCHALLIN UND OCTAVIAN 元帥夫人と オクタヴィアン	Als Leiblakai. 側近の従僕！
BARON 男爵	Wenn Euer Gnaden dann werden befehlen, daß ich die silberne Rosen darf Dero Händen übergeben, wird er es sein, der sie heraufbringt.

お望みとあらば　貴女にお渡しする　銀のばらを
持って来させましょう
その側近の従僕に　命じて

MARSCHALLIN 元帥夫人	Soll mich recht freun. Aber wart Er einmal. *(Octavian winkend)* Mariandel!

そうしましょう　でも　ちょっと待って
(オクタヴィアンに指図して)
マリアンデル！

BARON 男爵	Geben mir Euer Gnaden das Zofel! Ich laß nicht locker. その小間使いを　ぜひ　私に！　大事にしますから
MARSCHALLIN 元帥夫人	Ei! Geh' sie nur und bring' sie das Medaillon her. さあ　行って　あのメダルを　持ってきてちょうだい
OCTAVIAN オクタヴィアン	*(leise)* Theres! Theres, gib acht!

(小声で)
テレーズ！　気をつけて！

MARSCHALLIN 元帥夫人	*(ebenso)* Brings nur schnell! Ich weiß schon, was ich tu.

(同じく小声で)
早く　持ってきて！　考えがあるの

BARON
男爵
(Octavian nachsehend)
Könnt eine junge Fürstin sein ——
（オクタヴィアンを見送りながら）
公爵令嬢といっても　いいくらいだ——

Hab vor, meiner Braut eine getreue Kopie
meines Stammbaumes zu spendieren ——
nebst einer Locke vom Ahnherrn Lerchenau,
der ein großer Klosterstifter war
und *(etwas stärker)* Oberst-Erblandhofmeister in Kärnten
und in der windischen Mark.

花嫁に　わが家の家系図の写しを
贈ろうと　思いまして
レルヘナウの　先祖の遺髪も　添えました
我が先祖は　修道院を建てた　偉人でして
（声を大きくして）ケルンテンとヴィンディッシェ・マルクに
領地を持つ　最高位の長官ですからね

(Octavian bringt das Medaillon)
（オクタヴィアンがメダルを持ってくる）

MARSCHALLIN
元帥夫人
Wollen Euer Gnaden leicht den jungen Herrn da
als Bräutigamsaufführer haben?
(Alles in sehr leichtem Conversationston)

もしよろしかったら　この　若い青年を
花婿の代理人に　なさったら？
（すべては，ごく軽い会話の調子で語られる）

BARON
男爵
Bin ungeschauter einverstanden!

見るまでもなく　賛成です！

MARSCHALLIN
元帥夫人
(etwas zögernd)
Mein junger Vetter, der Graf Octavian.

（いくぶんためらいがちに）
私のいとこの　オクタヴィアン伯爵です

BARON
男爵
(stets sehr verbindlich)
Wüßte keinen vornehmeren zu wünschen!
Wär in Devotion dem jungen Herrn sehr verbunden!

（ひたすら感謝しながら）
望みうる　最も高貴な方と　言えるでしょう！
心から　このお若い方に　感謝します！

MARSCHALLIN 元帥夫人	*(schnell)* Seh Er ihn an! *(hält ihm das Medaillon hin)* （早口で） さあ　ご覧になって！ （男爵にメダルを差し出す）	
BARON 男爵	*(sieht bald auf das Medaillon, bald auf die Zofe)* Die Ähnlichkeit! （メダルを見たり，小間使いを見たりしながら） 似ている！	
MARSCHALLIN 元帥夫人	Ja, ja. そう　そうね	
BARON 男爵	Wie aus dem Gesicht geschnitten! まるで　瓜ふたつだ！	
MARSCHALLIN 元帥夫人	Hab mir auch schon Gedanken gemacht. *(auf das Medaillon deutend)* Rofrano, des Herrn Marchese zweiter Bruder. 私も　そんな気がしたわ （メダルを指さしながら） ロフラーノさん　侯爵の弟さんよ	
BARON 男爵	Octavian? Rofrano! Da ist man wer, wenn man aus solchem Haus, *(mit Beziehung auf die Zofe)* und wärs auch bei der Domestikentür! オクタヴィアン？　ロフラーノ！　そういう名家の人なら大したもんです （小間使いに当てつけるように） たとえ　落とし胤で　あったとしても！	
MARSCHALLIN 元帥夫人	Darum halt ich sie auch wie was Besonderes. だから　この子にも　とくに目をかけて	
BARON 男爵	Geziemt sich. ごもっともです	
MARSCHALLIN 元帥夫人	Immer um meine Person. いつも　身近に　置いているの	

BARON
男爵

Sehr wohl.

結構なことです

MARSCHALLIN
元帥夫人

Jetzt aber geh Sie, Mariandel, mach' Sie fort.

さあ　もう　行きなさい　マリアンデル

BARON
男爵

Wie denn? Sie kommt doch wieder.

えっ　どうして？　また　戻ってくるんでしょうね

MARSCHALLIN
元帥夫人

(überhört den Baron absichtlich)
Und laß Sie die Antichambre herein.
(Octavian geht gegen die Flügeltür rechts)

（男爵の言葉が聞こえないふりをして）
そして　控えの間の人たちを　こちらへ　入れてあげて
（オクタヴィアンは，右手の両開きの扉の方へ行く）

BARON
男爵

(ihm nach)
Mein schönstes Kind!

（オクタヴィアンを追いながら）
ねえ　きみ　ちょっと！

OCTAVIAN
オクタヴィアン

(an der Tür rechts)
Derft's eina geh'!
(läuft nach der andern Tür)

（右手のドアのところで）
入って　構わねぇです！
（別のドアに駆けよって）

BARON
男爵

Ich bin Ihr Serviteur! Geb Sie doch einen Augenblick Audienz!

ねえ　お願いだ！　ちょっとでいいから　こっちを
向いておくれ！

OCTAVIAN
オクタヴィアン

(schlägt dem Baron die kleine Tür vor der Nase zu)
I komm glei.

（男爵の鼻先で，小さなドアをバタンと閉めながら）
すぐ　また　来ますです

In diesem Augenblick tritt eine alte Kammerfrau durch die gleiche Türe ein. Der Baron zieht sich enttäuscht zurück. Zwei Lakaien kommen von rechts herein, bringen einen Wandschirm aus dem Alkoven. Die Marschallin tritt hinter den Wandschirm, die alte Kammerfrau mit ihr. Der Frisiertisch wird vorgeschoben in die Mitte. Lakaien öffnen die Flügeltüren rechts. Es treten ein der Notar, der Küchenchef, hinter diesem ein Küchenjunge, der das Menübuch trägt. Dann die Marchande de Modes, ein Gelehrter mit einem Folianten und der Tierhändler mit winzig kleinen Hunden und einem Äffchen. Valzacchi und Annina, hinter diesen rasch gleitend, nehmen den vordersten Platz links ein, die adelige Mutter mit ihren drei Töchtern, alle in Trauer, stellen sich in den rechten Flügel. Der Haushofmeister führt den Tenor und den Flötisten nach vorne. Baron rückwärts winkt einen Lakaien zu sich, gibt ihm den Auftrag, zeigt: "Hier durch die Hintertür."

このとき，年老いた侍女が，同じドアから入ってくる。男爵はがっかりして退く。二人の召使いが右手から現れ，壁のくぼみからつい立てを運び出す。元帥夫人はつい立ての後ろへ入り，年老いた侍女も従う。化粧机が舞台の中央に押し出される。召使いたちが右手の両開きの扉を開ける。公証人，料理長，献立帳を手にした見習いの料理人が入ってくる。さらに帽子屋，大型本を持った学者，可愛らしい小型の犬たちと一匹の猿を連れた動物商。そのあとから，ヴァルツァッキとアンニーナがさっと滑り込むように入ってきて，左手前方の位置に立つ。三人の娘たちを連れた貴族の未亡人が，そろって喪服姿で，右手の両開きの扉のところに現れる。執事がテノール歌手とフルート吹きを前方へ連れ出す。男爵は，舞台後方で召使いの一人を招き寄せ，何か言いつけながら，「この後ろの扉からだ」と指示している。

DIE DREI WAISEN 三人の孤児	*(schreiend)* Drei arme adelige Waisen —— *(Die adelige Mutter bedeutet ihnen, nicht so zu schreien und niederzuknien)* （大きな声で） 私たち三人　貴族のみなし子が…… （母親が，あまり大声を上げず，ひざまずくよう指示する）
DIE DREI WAISEN 三人の孤児	*(niederkniend)* Drei arme adelige Waisen erflehen Dero hohen Schutz! （ひざまずいて） 私たち三人　貴族のみなし子が 奥様の　御慈悲に　すがります！
MODISTIN 帽子屋	*(laut)* Le chapeau Paméla! La poudre à la reine de Golconde! （大きな声で） パメラ帽子でございます！　ゴルコンド女王の 白粉でございます！
DER TIERHÄNDLER 動物商	Schöne Affen, wenn Durchlaucht schaffen, auch Vögel hab' ich da, aus Afrika. かわいい猿は　いかがでしょう アフリカの小鳥も　ございます

DIE DREI WAISEN 三人の孤児	Der Vater ist jung auf dem Felde der Ehre gefallen, ihm dieses nachzutun, ist unser Herzensziel.

父親は　若くして　名誉の戦死を　遂げました
その父を　見ならうことが　私たちの務めです

MODISTIN 帽子屋	Le chapeau Paméla! C'est la merveille du monde!

パメラ帽子はいかが！　世界に知られた　特上品！

DER TIERHÄNDLER 動物商	Papageien hätt' ich da, aus Indien und Afrika. Hunderln, so klein und schon zimmerrein. *(Marschallin tritt hervor, alles verneigt sich. Baron ist links vorgekommen.)*

おしゃべりおうむも　ございます
インドや　アフリカの　おうむです
こんなに小さな犬は　いかがでしょう
部屋を汚したりは　いたしません
(元帥夫人が現れ、一同そろってお辞儀をする。男爵は左手前方にくる。)

MARSCHALLIN 元帥夫人	*(zum Baron)* Ich präsentier' Euer Liebden hier den Notar.

(男爵に)
ご紹介しましょう　こちらが　うちの公証人

Notar tritt mit Verneigung gegen den Frisiertisch, wo sich die Marschallin niedergelassen, zum Baron links. Marschallin winkt die jüngste der drei Waisen zu sich, läßt sich vom Haushofmeister einen Geldbeutel reichen, gibt ihn dem Mädchen, indem sie es auf die Stirn küßt. Gelehrter will vortreten, seine Folianten überreichen, Valzacchi springt vor, drängt ihn zur Seite.

元帥夫人は化粧机を前にして座り、公証人は彼女に一礼してから、左の方にいる男爵のところへ行く。元帥夫人は、三人の孤児たちのうちのいちばん若い娘を招き寄せ、執事に持って来させたお金の袋を、娘の額にキスしながら与える。学者が進み出て、大型本を手渡そうとするが、ヴァルツァッキが飛び出して、学者を脇へ押しのける。

VALZACCHI ヴァルツァッキ	*(ein schwarzgerändertes Zeitungsblatt hervorziehend)* Die swarze Seitung! Fürstlike Gnade! Alles 'ier ge'eim gesrieben! Nur für 'ohe Persönlikeite.

(黒枠のある新聞を掲げながら)
黒枠新聞　アルね！　奥方さまね！
どれも　秘密の　記事ばかり　アルね！
貴族の人だけ　読める　アルね

Die swarze Seitung!
Eine Leikname in Interkammer
von eine gräflike Palais!
Eine Bürgersfrau mit der amante
vergiften der Hehemann
diese Nackt um dreie Huhr!

黒枠新聞　アルね！

死体　見つかった　アルよ

伯爵様の　お屋敷の　裏部屋で　見つかった　アルよ！

町の女房が　愛人と企んで

亭主を　毒殺した　アルよ

今朝の三時のこと　アルよ！

MARSCHALLIN
元帥夫人

Laß er mich mit dem Tratsch in Ruh'!

くだらない　うわさ話は　やめてちょうだい！

VALZACCHI
ヴァルツァッキ

In Gnaden!
Tutte quante Vertraulikeite
aus die große Welt!

これは　どうも！

とびきりの　秘密ばかり　アルよ

世間の噂が　満載　アルよ！

MARSCHALLIN
元帥夫人

Ich will nix wissen! Laß er mich mit dem Tratsch in Ruh'!
(Valzacchi mit bedauernder Verbeugung springt zurück)

全然　興味がないの！　おしゃべりは　やめてちょうだい！
（ヴァルツァッキは残念そうにお辞儀をし，さっと退く）

DIE DREI WAISEN
三人の孤児

(zum Abgehen bereit, zuletzt auch die Mutter, haben der Marschallin die Hand geküßt)
(etwas plärrend)
Glück und Segen allerwegen Euer Gnaden hohem Sinn!
Eingegraben steht erhaben er in unsern Herzen drin.
(gehen ab samt der Mutter)

（退室するにあたって，元帥夫人の手にキスをする。子供たちのあと，母親も同様にする）
（いくぶん泣きわめくような声で）

奥方様の　お優しいお心に　神様の　祝福を！

お優しいお心　肝に銘じて　忘れません
（母親に連れられて退室）

Der Friseur tritt hastig auf, der Gehilfe stürzt ihm mit fliegenden Rockschößen nach. Der Friseur faßt die Marschallin ins Auge, verdüstert sich, tritt zurück, er studiert ihr heutiges Aussehen. Der Gehilfe indessen packt aus am Frisiertisch. Der Friseur schiebt einige Personen zurück, sich Spielraum zu schaffen.

Der Flötist ist inzwischen vorgetreten und beginnt seine Kadenz. Die Lakaien haben rechts ganz vorne Stellung genommen, andere stehen im Hintergrund. Nach einer kurzen Überlegung hat der Friseur seinen Plan gefaßt: er eilt mit Entschlossenheit auf die Marschallin zu, beginnt zu frisieren. Ein Lauffer in Rosa, Schwarz und Silber, tritt auf, überbringt ein Billett. Haushofmeister mit Silbertablett ist schnell zur Hand, präsentiert es der Marschallin. Friseur hält inne, sie lesen zu lassen. Gehilfe reicht ihm ein neues Eisen. Friseur schwenkt es: es ist zu heiß. Gehilfe reicht ihm nach fragendem Blick auf die Marschallin, die nickt, das Billett, das er lächelnd verwendet, um das Eisen zu kühlen. Der Sänger hat sich in Positur gestellt.

美容師があわただしく登場。その後を，見習いが上着の裾をひらめかせながら追う。美容師は元帥夫人の様子を窺い，顔の表情を曇らせて退く。今日の髪型をどう整えようか，思案している様子。その間，見習いは，化粧机のそばで道具をひろげる。美容師は，自由に動き回れるよう，数人の人々を押し戻す。
そうするうちに，フルート吹きが現れ，カデンツの部分を吹き始める。召使いたちは，右手の最も前方に立ち，その他の人々は後方に立っている。美容師は，しばらくあれこれ考えた後，方針が立ったとみえて，決然と元帥夫人の方へかけ寄り，髪を整え始める。赤と黒と銀の三色の服を着た下男が現れ，一枚の紙切れを渡す。銀の盆を持った執事が，それを急いで受け取り，元帥夫人に手渡す。美容師は手をとめ，元帥夫人がそれを読むのを待つ。見習いが新しい鉄ごてを美容師に渡す。熱すぎるそのこてを，美容師は振り回す。見習いが，問うような眼差しで元帥夫人を見つめると，夫人はうなずくので，彼女の持っていた紙切れを受け取り，美容師に手渡す。すると美容師は微笑しながら，その紙切れを使って焼きごてを冷ます。歌手が歌う体勢をとる。

DER TENOR テノール歌手	*(mit dem Notenblatt in der Hand)* Di rigori armato il seno Contro amor mi ribellai Ma fui vinto in un baleno, ahi! In mirar due vaghi rai.

（楽譜を手にしながら）

わが心　堅く　厳しく　武装して
愛を　相手に　闘えり
されど　たちまち　負けいくさ
魅惑の　瞳に　破れたり

Ahi! che resiste puoco
A stral die fuoco
Cor die gelo di fuoco a stral.

氷の心も　火の矢には
あらがう　すべなく
融けさりぬ！

Der Friseur übergibt dem Gehilfen das Eisen und applaudiert dem Sänger. Dann fährt er im Arrangement des Lockenbaues fort. Ein Bedienter hat indessen bei der kleinen Tür den Kammerdiener des Barons, den Almosenier und den Jäger eingelassen. Es sind drei bedenkliche Gestalten. Der Kammerdiener ist ein junger großer Lümmel, der dumm und frech aussieht. Er trägt unterm Arm ein Futteral aus rotem Saffian. Der Almosenier ist ein verwilderter Dorfkooperator, ein vier Schuh hoher, aber stark und verwegen aussehender Gnom. Der Leibjäger mag, bevor er in die schlechtsitzende Livree gesteckt wurde, Mist geführt haben. Der Almosenier und der Kammerdiener scheinen sich um den Vortritt zu streiten und steigen einander auf die Füße. Sie steuern längs der linken Seite auf ihren Herrn zu, in dessen Nähe sie Halt machen.

美容師がこてを見習いに持たせ、歌手に拍手を送る。それから彼は、髪型のアレンジを続ける。その間、召使いのひとりが、オックス男爵の従僕と布教師と狩猟係を、小さなドアから入れてやる。三人そろって、あやしげな風体である。男爵付きの従僕は、若い大柄のごろつきで、見るからに愚鈍で厚かましそう。山羊皮で作った赤い色の物入れをわきに抱えている。布教師は、粗野な村務めの助任司祭といったところで、身の丈1メートル足らずの侏儒だが、屈強で不敵な外見。狩猟係は、身体に合わないお仕着せを着せられる前は、肥やしでも運んでいた様子。布教師と従僕は、どちらが前に出るかで争っているようすで、互いに足を踏んづけ合っている。彼らは左側の壁沿いに、主人のいるところへ、人々をかき分けながら進み、主人の近くに来てとまる。

BARON
男爵
(sitzend zum Notar, der vor ihm steht, seine Weisungen entgegennimmt. Halblaut)
Als Morgengabe, ganz separatim jedoch ——
und vor der Mitgift —— bin ich verstanden, Herr Notar? ——
kehrt Schloß und Herrschaft Gaunersdorf an mich zurück!
Von Lasten frei und ungemindert an Privilegier
so wie mein Vater selig sie besessen hat.

(椅子に座り、彼の前に立って指示を受けている公証人にむかって、声を小さくして)
結納金としてな　ただし　別個に ——
持参金の前にだぞ　おわかりかな　公証人殿？
城館と　ガウナースドルフの領地が　私のものになること！
債務は免除で　特権はもとのまま
私のおやじが　そうしていたようにな

NOTAR
公証人
(kurzatmig)
Gestatten, hochfreiherrliche Gnaden die submisseste Belehrung,
daß eine Morgengabe wohl vom Gatten an die Gattin,
nicht aber von der Gattin an den Gatten
(tief aufatmend)
bestellt oder stipuliert zu werden, fähig ist.

(息をつぎながら)
閣下殿　恐縮至極ながら　申し述べさせていただきますと
結納金は　ふつう　夫から妻へ　贈るものでして
妻から夫へ　贈るものでは
(深く息をついて)
ございません

BARON 男爵	Das mag wohl sein. そうかも しれんが
NOTAR 公証人	Das ist so —— そうなのです
BARON 男爵	Aber im besondern Fall —— しかし 特別の場合は……

(Nach längerer Rücksprache mit dem Haushofmeister beschäftigt sich die Marschallin mit der Abfassung des Menüs und fertigt dann den Küchenchef ab.)

（執事とのかなり長い相談のあと，元帥夫人は献立の検討にかかり，それが済むと料理長を下がらせる。）

NOTAR 公証人	Die Formen und die Präscriptionen kennen keinen Unterschied. 法令にも 慣習にも 特例はございません
BARON 男爵	*(schreit)* Haben ihn aber zu kennen! （大声をあげて） 作れば いいだろうが！
NOTAR 公証人	*(erschrocken)* In Gnaden! （驚いて） これは また！
BARON 男爵	Wenn eines hochadeligen Blutes blühender Sproß sich herab läßt im Ehebette einer so gut als bürgerlichen Mamsell Faninal — bin ich verstanden? —— acte de présence zu machen vor Gott und der Welt und sozusagen angesichts kaiserlicher Majestät —— *(Der Flötist beginnt wieder zu präludieren)* 誉れ高い 貴族の血を受けた この私が だな 町娘同然の ファーニナル嬢と 縁組みをしてやるのだぞ いいか わかるか？ 婚礼の床に 迎えてやるのだ 神と 世間と おそれ多くも 陛下のお目の前で —— （フルート吹きが，ふたたび序奏を吹き始める）

第 1 幕

              Da wird, corpo di Bacco! von Morgengabe
              als geziemendem Geschenk dankbarer Devotion
              für die Hingab so hohen Blutes
              sehr wohl die Rede sein!
              (Der Sänger macht Miene wieder anzufangen, wartet noch, bis Baron still wird)

    そうであれば　高貴な血筋を　捧げたことへの
    感謝を込めた　贈りものとして
    結納金を　差し出すのは
    まったくもって　当然であろうが！
    （歌手はふたたび歌い始める姿勢をとるが、男爵が静かになるのを待っている）

NOTAR   *(zum Baron, leise)*
公証人   Vielleicht, daß man die Sache separatim ——

    （男爵に，小声で）
    いかがでしょう　この件は　別個に検討　ということで——

BARON   *(leise)*
男爵   Er ist ein schmählicher Pedant; als Morgengabe will ich das Gütel!

    （小声で）
    いちいち　うるさいことを　言うな！ 結納金として
    領地を　もらうんだ！

NOTAR   *(ebenso)*
公証人   Als einen wohl verklausulierten Teil der Mitgift ——

    （小声で）
    持参金のうちの　個別条項として　明記するとか——

BARON   *(halblaut)*
男爵   Als Morgengabe! Geht das nicht in Seinen Schädel!

    （少し声を大きくして）
    結納金としてだ！ 何度言ったら　わかるんだ！

NOTAR   *(ebenso)*
公証人   Als eine Schenkung inter vivos oder ——

    （少し声を大きくして）
    口頭での取り決め　ということに　するとか——

DER TENOR テノール歌手	*(während des Gesprächs der Beiden)* Ma sì caro è 'l mio tormento Dolce è sì la piaga mia Ch' il penare è mio contento E'l sanarmi è tirannia Ahi! che resiste che resiste puoco —— Cor.....

（男爵と公証人が話している間，歌う）

されど いとしき 苦しみよ
かくも 甘美な わが傷よ
苦しむことが うれしくて
癒えて治るが おぞましい
あらがう すべなく
氷の心も……

BARON 男爵	*(schlägt wütend auf den Tisch, schreiend)* Als Morgengabe!

（怒ってテーブルを叩き，大声で）

結納金としてだ！

(Der Sänger bricht jäh ab.)
（歌手は急に歌を中断する。）

Die Marschallin winkt den Sänger zu sich, reicht ihm die Hand zum Kuß. Sänger nebst Flötist ziehen sich unter tiefen Verbeugungen zurück.
Der Notar zieht sich erschrocken in die Ecke zurück. Baron tut, als ob nichts geschehen wäre, winkt dem Sänger leutselig zu, tritt dann zu seiner Dienerschaft, streicht dem Leiblakai die bäurisch in die Stirn gekämmten Haare hinaus; geht dann, als suchte er jemand, zur kleinen Tür, öffnet sie, spioniert hinaus, ärgert sich, schnüffelt gegen's Bett, schüttelt den Kopf, kommt dann wieder vor.

元帥夫人が歌手を呼び寄せ，手にキスをさせる。歌手とフルート吹きは，深くお辞儀をして下がる。

公証人はびっくりして隅へ退く。男爵は，何ごともなかったのように振る舞い，歌手に愛想よく手を振り，それから，自分の連れてきた共の者たちの方へ歩み寄る。側近の従僕が，百姓風に前髪を額にたらしているのを，かき分けてやる。それから，誰かを探すかのように小さなドアのところへ行き，ドアを開けて外の様子を窺い，不機嫌な顔になる。ベッドのあたりも探したあと，頭をふりながら，ふたたび前の方へ出てくる。

MARSCHALLIN 元帥夫人	*(sieht sich in dem Handspiegel, halblaut)* Mein lieber Hippolyte, heut' haben Sie ein altes Weib aus mir gemacht!

（手鏡で自分の姿を見ながら，小声で）

ねえ ヒポリット
今日は なんだか お婆さんに されてしまったみたい！

Der Friseur mit Bestürzung wirft sich fieberhaft auf den Lockenbau der Marschallin und verändert ihn aufs neue. Das Gesicht der Marschallin bleibt traurig. Valzacchi, hinter ihm Annina, haben sich im Rücken aller rings um die Bühne zum Baron hinübergeschlichen und präsentieren sich ihm mit übertriebener Devotion.

美容師は狼狽し，必死になって元帥夫人の髪作りに取り組み，新たな形に作りかえる。元帥夫人の顔は，悲しげなままである。
ヴァルツァッキとアンニーナが，皆の回りをぐるりとまわって，男爵のところにしのび寄り，大げさに敬意を表しながら自己紹介する。

MARSCHALLIN *(über die Schulter zum Haushofmeister)*
元帥夫人 Abtreten die Leut'!

  （肩ごしに，執事に言う）
  みんな 下がってもらって！

Die Lakaien, eine Kette bildend, schieben die aufwartenden Personen zur Tür hinaus, die sie dann verschließen. Nur der Gelehrte, vom Haushofmeister ihr zugeführt, bleibt noch im Gespräch mit der Marschallin, bis zum Schluß des Intermezzos zwischen Valzacchi, Annina und dem Baron.

召使いたちは，人垣を作って訪問者たちをドアの外へ押しやり，ドアに鍵をかける。学者だけは，執事に導かれて元帥夫人のところへ行き，ヴァルツァッキとアンニーナと男爵の三人が演ずる幕間狂言が終わるまでのあいだ，元帥夫人と話をしている。

VALZACCHI *(zum Baron)*
ヴァルツァッキ Ihre Gnade sukt etwas. Ik seh,
  Ihr Gnade at eine Bedürfnis.
  Ik kann dienen. Ik kann besorgen.

  （男爵に）
  旦那さま 探している ちがうか
  望むこと ある 私 わかるよ
  私 役立つアルよ 世話するアルよ

BARON *(tritt zurück)*
男爵 Wer ist Er, was weiß Er?

  （退いて）
  おまえ だれだ？ 何の用だ？

VALZACCHI Ihr Gnade Gesikt sprikt ohne Sunge.
ヴァルツァッキ Wie ein Hantike: come statua di Giove.

  お顔に 書いてある です
  昔の彫刻 ジュピター そっくり アルね

ANNINA Wie eine Hantike...... di Giove.
アンニーナ
  昔の彫刻 ジュピター……

BARON 男爵	Das ist ein besserer Mensch.	
	そいつぁ 大したもんだなあ	
VALZACCHI UND ANNINA ヴァルツァッキと アンニーナ	Erlaukte Gnade, attachieren uns an Sein Gefolge. *(fallen auf die Knie)*	
	旦那さま お願いしますです 私らを 雇ってくださいませ （膝をつく）	
BARON 男爵	Euch?	
	おまえらを？	
ANNINA アンニーナ	Nichte und Onkel.	
	姪と 叔父です	
VALZACCHI ヴァルツァッキ	Onkel und Nickte: su sweien maken alles besser.	
	叔父と 姪アルね 二人でやれば なんでも うまく いくアルよ	
ANNINA アンニーナ	Alles besser!	
	なんでも うまく！	
VALZACCHI ヴァルツァッキ	Per esempio: Ihre Gnade at eine junge Frau ——	
	たとえばの話 旦那さん 若い娘が——	
BARON 男爵	Woher weiß Er denn das, Er Teufel Er?	
	どうして それを 知ってる？ おい この野郎め！	
VALZACCHI ヴァルツァッキ	*(eifrig)* Ihre Gnade ist in Eifersukt: dico per dire Eut oder morgen könnte sein. Affare nostro! Jede Sritt die Dame sie tut, jede Wagen die Dame steigt, jede Brief die Dame bekommt —— wir sind da!	
	（必死になって） 旦那さま やきもち 焼くアルね たぶんね 今日か あした そうなるね 私ら わかる！ ご婦人 どんな 足取りも ご婦人 乗る どんな 馬車も ご婦人 もらう どんな 手紙も 私ら わかる アルね！	

An die Ecke, in die Kamin, 'inter die Bette ——
in eine Schranke, unter die Dache,
wir sind da!

部屋の隅　暖炉の中　ベッドの後ろ
たんすの中　屋根裏
私ら　わかる　アルね！

ANNINA
アンニーナ

Heut oder morgen. Affare nostro!
Jeden Schritt, die Dame sie tut,
jeden Wagen, die Dame steigt,
jede Brief, die Dame bekommt ——
wir sind da!

今日か　あした　私ら　わかる！
ご婦人の　どんな　足取りも
ご婦人が　乗る　どんな　馬車も
ご婦人が　もらう　どんな　手紙も
私ら　わかる！

An die Ecke, in die Kamin,
in die Kommode, hinter die Bette,
wir sind da!

部屋の隅　暖炉の中
ひきだしの中　ベッドのうしろ
私ら　わかる！

(Die Marschallin ist aufgestanden. Friseur nach tiefer Verbeugung eilt ab. Der Gehilfe hinter ihm.)

（元帥夫人が椅子から立ち上がる。美容師は深くお辞儀をし，急ぎ足で退場。見習いもそれに続く。）

ANNINA
アンニーナ

Ihre Gnade wird nicht bedauern!
(halten ihm die Hände hin, Geld heischend, er tut, als bemerke er es nicht)

旦那さま　後悔は　されませんよ！
（男爵に手を差しだして，金をせびるが，男爵は気づかないふりをする）

BARON
男爵

(halblaut)
Hm! Was es alles gibt in diesem Wien?
Zur Probe nur: kennt Sie die Jungfer Mariandel?

（声を小さくして）
ふん！　ウィーンには　いろんな奴が　いるもんだ
試してやろう　おまえ　マリアンデルを　知ってるか？

ANNINA
アンニーナ

(halblaut)
Mariandel?

（小声で）
マリアンデル？

BARON 男爵		Das Zofel hier im Haus bei Ihrer Gnaden?
		ここの　奥様の　小間使いだ
VALZACCHI ヴァルツァッキ	*(leise zu Annina)* Sai tu, cosa vuole?	
	（アンニーナに小声で） おまえ　知ってるか？　その娘？	
ANNINA アンニーナ	Niente.	
	ぜんぜん	
VALZACCHI ヴァルツァッキ	*(zum Baron)* Sicker! Sicker! Mein Nickte wird besorgen. Seien sicker, Ihre Gnade? Wir sind da!	
	（男爵に） 大丈夫！　大丈夫アルね！　私の姪　役立つよ 安心するね　旦那さま！　私ら　わかる！	
ANNINA アンニーナ	Wir sind da!	
	私ら　わかる！	
BARON 男爵	*(die beiden Italiener stehen lassend, auf die Marschallin zu)* Darf ich das Gegenstück zu Dero sauberm Kammerzoferl präsentieren? *(selbstgefällig)* Die Ähnlichkeit soll, hör' ich, unverkennbar sein.	
	（二人のイタリア人を立たせたまま，元帥夫人に） 貴女の小間使いに　相当する　私の従僕を 紹介しましょうか？ （うれしそうに） みんな　言います　私と　瓜ふたつだと	
MARSCHALLIN 元帥夫人	*(nickt)*	
	（うなずく）	
BARON 男爵	*(laut)* Leopold, das Futteral. *(Der junge Kammerlakai präsentiert linkisch das Futteral)*	
	（大きな声で） レオポルト！　ケースを持ってこい！ （若い従僕が，ぎこちない様子でケースを差し出す）	
MARSCHALLIN 元帥夫人	*(ein bißchen lachend)* Ich gratulier' Euer Liebden sehr.	
	（少し笑いながら） 心から　おめでとうと　申し上げるわ	

BARON
男爵

(nimmt dem Burschen das Futteral ab und winkt ihm, zurückzutreten)
Und da ist nun die silberne Rose!
(will's aufmachen)

(従僕からケースを受け取り，下がるように合図する)
ここに　入っているのが　銀のばらです！
(ケースを開けようとする)

MARSCHALLIN
元帥夫人

Lassen nur drinnen.
Haben die Gnad' und stellen's dort hin.

どうぞ　しまったままにして
あそこに　置いてくださいな

BARON
男爵

Vielleicht das Zofel soll's übernehmen?
Ruft man ihr?

小間使いに　持って行かせましょうか？
呼びましょうか　あの子を？

MARSCHALLIN
元帥夫人

Nein, lassen nur. Die hat jetzt keine Zeit.
Doch sei er sicher: den Grafen Octavian bitt' ich ihm auf,
er wird's mir zulieb schon tun
und als Euer Liebden Kavalier
vorfahren mit der Rosen zu der Jungfer Braut.

いいえ結構　あの子は　忙しいの
でも　ご心配なく　オクタヴィアン伯爵には　私から
お願いします
きっと　嫌とはおっしゃらずに
あなたの　代理の騎士として　ひとあし先に
ばらを　花嫁に　届けて　くださるでしょう

(leichthin)
Stellen indes nur hin.
Und jetzt, Herr Vetter, sag' ich ihm Adieu.
Man retiriert sich jetzt von hier:
Ich werd' jetzt in die Kirchen gehn.
(die Lakaien öffnen die Flügeltür)

(軽い口調で)
それまでは　あそこへ　置いておきましょう
それじゃ　これで　ごきげんよう　さようなら
ここは　そろそろ　終わりに　しなくては
私は　これから　教会へ　行くの
(召使いたちが両開きの扉を開ける)

BARON
男爵

Euer Gnaden haben heut
durch unversiegte Huld mich tiefst beschämt.

今日の貴女の　ご親切に対しては
ひたすら　感謝　あるのみです

Er macht die Reverenz, entfernt sich unter Zeremoniell. Der Notar hinter ihm, auf seinen Wink. Seine drei Leute hinter diesem, in mangelhafter Haltung.
Die beiden Italiener lautlos und geschmeidig, schließen sich unbemerkt an. Lakaien schließen die Tür. Haushofmeister tritt ab.

男爵は敬礼し，儀式張った素振りで立ち去る。公証人が，男爵の合図で後に続く。その後ろに，男爵の三人の供もの者たちが，見苦しい姿勢でついて行く。
二人のイタリア人は，音もなく，軽い身のこなしで，いつの間にか退出する人々に合流する。召使いたちが扉を閉め，執事も退場する。

MARSCHALLIN
元帥夫人

(allein)
Da geht er hin, der aufgeblasene schlechte Kerl,
und kriegt das hübsche junge Ding und einen Pinkel
Geld dazu.
(seufzend)

（一人になって）
やっと　帰ったわ　思い上がった　いやな人
若い　きれいな娘を　もらって　そのうえ
お金まで
（ため息をつく）

Als müßt's so sein.
Und bildet sich noch ein, daß er es ist, der sich was vergibt.
Was erzürn' ich mich denn? Ist doch der Lauf der Welt.

まるで　それが　当然みたい
しかも自分が　施しでもするような気で　いるなんて
あら　私　何を　怒っているの？　それが　世の常なのに

Kann mich auch an ein Mädel erinnern,
die frisch aus dem Kloster ist in den heiligen Ehestand
kommandiert word'n.
(nimmt den Handspiegel)

思い出すわ　私にも　娘の時代があった
修道院から出て　すぐに　結婚
させられたけど
（手鏡をとる）

Wo ist die jetzt? Ja, ——
(seufzend)
such' dir den Schnee vom vergangenen Jahr!
(ruhig)
Das sag' ich so:

 あの娘は　どこへ　行ってしまったの？
 (ため息をついて)
 まるで　去年の雪を　探すようなもの！
 (静かに)
 そうは　言ってみても ——

Aber wie kann das wirklich sein,
daß ich die kleine Resi war
und daß ich auch einmal die alte Frau sein werd....
die alte Frau, die alte Marschallin!
„Siegst es, da geht die alte Fürstin Resi!"

 どうして　こんなことに　なるのかしら
 可愛いレージーだった私が
 いつの間にか　お婆さんに　なってしまうなんて……
 お婆さん　年老いた　元帥夫人！
 「ほら　昔のレージーが　あんな　お婆さんになって！」

Wie kann denn das geschehen?
Wie macht denn das der liebe Gott?
Wo ich doch immer die gleiche bin.

 どうして　そんなことに　なるの？
 どうして　神様は　そんなことを　なさるの？
 私は　いつだって　変わらないというのに

Und wenn er's schon so machen muß,
warum laßt er mich denn zuschau'n dabei
mit gar so klarem Sinn! Warum versteckt er's nicht vor mir?
(immer leiser)

 もし　それが　仕方ない　ことだとしても
 なぜ　こんなにはっきり　私に　見せつけなくては
 ならないの？
 どうして　隠しては　くださらないの？
 (声が次第に小さくなる)

Das alles ist geheim, so viel geheim.
Und man ist dazu da, *(seufzend)* daß man's ertragt.
Und in dem „Wie"
(sehr ruhig)
da liegt der ganze Unterschied ——

 何もかも　わからない　わからないことばかり
 でも　私たちは　(ため息をついて)それに　耐えるしかない
 そして　それを　どう耐えるか　の中にこそ
 (たいそう落ち着いて)
 すべての　違いが　あるのね——

(Octavian tritt von rechts ein, in einem Morgenanzug mit Reitstiefeln.)
(オクタヴィアンが右手から入ってくる。朝の服装に乗馬靴の姿。)

MARSCHALLIN
元帥夫人
(ruhig, mit halbem Lächeln)
Ah, du bist wieder da!

(落ち着いて，なかば微笑みながら)
あら　戻ってきたのね！

OCTAVIAN
オクタヴィアン
(zärtlich)
Und du bist traurig!

(やさしく)
悲しそうだね！

MARSCHALLIN
元帥夫人
Es ist ja schon vorbei. Du weißt ja, wie ich bin.
Ein halb Mal lustig, ein halb Mal traurig.
Ich kann halt meinen Gedanken nicht kommandiern.

いいえ　もう　いいの　私って　いつも　こう
陽気になったり　悲しくなったり　なの
自分の気持ちを　抑えることが　できないの

OCTAVIAN
オクタヴィアン
Ich weiß, warum du traurig bist, du Schatz.
Weil du erschrocken bist und Angst gehabt hast.
Hab ich nicht recht? Gesteh' mir nur:

わかるよ　きみが　悲しそうなわけが
きみは　今朝　びっくりして　不安になったからさ
そうじゃない？　そうなら　そうと　言って！

du hast Angst gehabt,
du Süße, du Liebe,
um mich, um mich!

気懸かりだったんだね
優しい人　いとしい人！
ぼくのことが！

MARSCHALLIN 元帥夫人	Ein bissel vielleicht, aber ich hab' mich erfangen und hab' mir vorgesagt: Es wird schon nicht dafür stehn. Und wär's dafür gestanden?

少しは　そうかも　しれないわね
でも　気を取り直して　自分に　言い聞かせたの
じたばた　したって　だめだって
実際　そうじゃなかったこと？

OCTAVIAN オクタヴィアン	*(heiter)* Und es war kein Feldmarschall, nur ein spaßiger Herr Vetter, und Du gehörst mir, Du gehörst mir!

（陽気に）
そう　元帥じゃなかった
ただの　可笑しな　いとこ殿
そして　きみは　ぼくのもの！

MARSCHALLIN 元帥夫人	*(ihn abwehrend)* Taverl, umarm' Er nicht zu viel. Wer allzuviel umarmt, der hält nichts fest.

（オクタヴィアンを拒みながら）
ターヴェル　そんなに　抱きしめないで
あんまり　抱きすぎると　何も　留めておけなくなる

OCTAVIAN オクタヴィアン	*(leidenschaftlich)* Sag', daß du mir gehörst! Mir!

（情熱的に）
ねえ　言って　きみは　ぼくのものだって！

MARSCHALLIN 元帥夫人	Oh, sei Er jetzt sanft, sei Er gescheit und sanft und gut.

お願い　おとなしくして　いい子に　してちょうだい

OCTAVIAN オクタヴィアン	*(will lebhaft erwidern)*

（むきになって言い返そうとする）

MARSCHALLIN 元帥夫人	Nein, bitt schön, sei Er nicht, wie alle Männer sind!

いや　お願い　ほかの男たちみたいに　しないで！

OCTAVIAN オクタヴィアン	*(mißtrauisch auffahrend)* Wie alle Männer?

（不審そうに，さっと立ち上がって）
ほかの男たちって？

MARSCHALLIN 元帥夫人	*(schnell gefaßt)* Wie der Feldmarschall und der Vetter Ochs.	

(すぐに落ち着きを取り戻して)
元帥や いとこのオックスよ

OCTAVIAN オクタヴィアン	*(nicht dabei beruhigt)* Bichette!	

(まだ安心できずに)
ビシェット！

MARSCHALLIN 元帥夫人	*(mit Nachdruck)* Sei Er nur nicht, wie alle Männer sind.	

(念を押すように)
お願い ほかの男たちみたいに しないで

OCTAVIAN オクタヴィアン	*(zornig)* Ich weiß nicht, wie alle Männer sind. *(plötzlich sanft)* Weiß nur, daß ich dich lieb hab, Bichette, sie haben dich mir ausgetauscht, Bichette, wo ist sie denn!	

(怒って)
ほかの男たち なんて 知るもんか
(突然，おだやかに)
知ってるのは きみを愛してる っていうことだけ
ビシェット きみは 人が変わってしまったみたい
ビシェット ぼくのきみは どこにいるの？

MARSCHALLIN 元帥夫人	*(ruhig)* Sie ist wohl da, Herr Schatz.	

(平静に)
ほら ここに ちゃんと いるでしょ

OCTAVIAN オクタヴィアン	Ja, ist sie da? Dann will ich sie halten, daß sie mir nicht wieder entkommt!	

そう いるよね それなら 離さない
また どこかへ 行ってしまったら いやだもの！

(leidenschaftlich)
Packen will ich sie, packen, daß
sie es spürt, zu wem sie gehört —
zu mir! Denn ich bin ihr und sie ist mein!

(熱烈に)
しまっておく きみを しまっておくんだ
きみが ぼくのものだって わかってくれるように──
だって ぼくはきみのもの そして きみはぼくのもの！

MARSCHALLIN 元帥夫人	*(sich ihm entwindend)* Oh, sei Er gut, Quinquin. Mir ist zu Mut, daß ich die Schwäche von allem Zeitlichen recht spüren muß, bis in mein Herz hinein,

(オクタヴィアンから身を離して)
わかってちょうだい　カンカン　私、思うの
時の流れには　どうしたって　逆らえないって
つくづく　そういう気がするの

wie man nichts halten soll,
wie man nichts packen kann,
wie alles zerläuft zwischen den Fingern,
alles sich auflöst, wonach wir greifen,
alles zergeht wie Dunst und Traum.

なにも　止められない
なにも　取っておけない
すべてが　流れ落ちるの　指の間から
つかんでも　すべて　崩れてしまう
融けてなくなるの　霞や夢のように

OCTAVIAN オクタヴィアン	Mein Gott, wie Sie das sagt. Sie will mir doch nur zeigen, daß Sie nicht an mir hängt. *(er weint)*

よして　そんなこと　言うのは
ぼくのこと　もう好きじゃないって　言うんだね
(泣く)

MARSCHALLIN 元帥夫人	Sei Er doch gut, Quinquin! *(Octavian weint stärker)*

お願い　わかって　カンカン！
(オクタヴィアンはさらに烈しく泣く)

Jetzt muß ich noch den Buben dafür trösten,
daß er mich über kurz oder lang wird sitzen lassen.
(sie streichelt ihn)

私が　あなたを　慰めなきゃ　ならないなんて
あなたは　遅かれ早かれ　私を捨てることになるというのに
(オクタヴィアンを撫でる)

OCTAVIAN オクタヴィアン	Über kurz oder lang? *(heftig)* Wer legt Dir heute die Wörter in den Mund, Bichette?

遅かれ早かれ？
(烈しい口調で)
どうして　そんなことを　言うの？　ビシェット！

MARSCHALLIN
元帥夫人

Daß Ihn das Wort so kränkt!
(Octavian hält sich die Ohren zu)

　お願い　気を悪く　しないで！
　（オクタヴィアンは耳をふさぐ）

Die Zeit im Grunde, Quinquin,
die Zeit, die ändert doch nichts an den Sachen.
Die Zeit, die ist ein sonderbar Ding.
Wenn man so hinlebt, ist sie rein gar Nichts.

　時ってね　カンカン
　そう　時って　何も変えるわけではないの
　時って　不思議なものよ
　忙しくしていると　何でもなくて　気づかない

Aber dann auf einmal, da spürt man nichts als sie.
Sie ist um uns herum, sie ist auch in uns drinnen.

　でも　ふいに　そればかり　気になるの
　時は　私たちの　周りを　中を　流れている

In den Gesichtern rieselt sie,
im Spiegel da rieselt sie,
in meinen Schläfen fließt sie.

　人の顔の中で　音もなく　流れている
　鏡の中でも　流れている
　私のこめかみでも　流れている

Und zwischen mir und dir —
da fließt sie wieder. Lautlos, wie eine Sanduhr.
(warm)
Oh, Quinquin! Manchmal hör' ich sie fließen — unaufhaltsam.

　そして　私とあなたの　間でも──
　時は　やっぱり　流れているの　砂時計のように　音もなく
　（やさしく）
　ああ　カンカン！　ときどき聞こえるの　時の流れる音が
　──絶え間なく

(leise)
Manchmal steh ich auf mitten in der Nacht
und laß die Uhren alle, alle stehn.
Allein man muß sich auch vor ihr nicht fürchten.
Auch sie ist ein Geschöpf des Vaters, der uns alle erschaffen hat.

　（小声で）
　私　ときどき　真夜中に　起きて
　時計を　みんな　止めてしまうの
　でも　時を　恐れることは　ないわね
　時だって　私たちと同様　神様が　造られたんですもの

OCTAVIAN オクタヴィアン	*(mit ruhiger Zärtlichkeit)* Mein schöner Schatz, will Sie sich traurig machen mit Gewalt?	

（穏やかなやさしさを込めて）
いとしい人！ きみは 無理にでも 悲しくなりたいの？

Wo Sie mich da hat,
wo ich meine Finger in Ihre Finger schlinge,
wo ich mit meinen Augen Ihre Augen suche,
wo Sie mich hat —
gerade da ist Ihr so zu Mut'?

　ぼくが ここにいて
　ぼくの指を きみの指に からませ
　ぼくの眼で きみの眼を 追っているというのに
　ぼくが こうして ここにいるのに——
　悲しいなんて 言うの？

MARSCHALLIN 元帥夫人	*(sehr ernst)* Quinquin, heut oder morgen geht Er hin, und gibt mich auf um einer andern willen, *(etwas zögernd)* die schöner oder jünger ist als ich.	

（ひじょうに真剣な口調で）
カンカン 今日か 明日か あなたは 行ってしまう
私を捨てて 行ってしまう
（ためらいがちに）
私よりきれいで もっと若い人の ところへ

OCTAVIAN オクタヴィアン	Willst du mit Worten mich von dir stoßen, weil dir die Hände den Dienst nicht tun?	

　そんな言葉で きみは ぼくを 突き放すんだ
　いっそ きみの手で そうされる ほうが ましだ！

MARSCHALLIN 元帥夫人	*(ruhig)* Der Tag kommt ganz von selber. Heut oder morgen kommt der Tag, Octavian.	

（落ち着いて）
　その日は いやでも やって来るの
　いつか 必ず その日が 来るのよ オクタヴィアン

OCTAVIAN オクタヴィアン	Nicht heut, nicht morgen: ich hab' dich lieb. *(gesteigert)* Nicht heut, nicht morgen!	

　そんな いつか なんて あるものか！ きみが好きなんだ
（ますます興奮して）
　今日も 明日も いつまでも！

Wenn's so einen Tag geben muß, ich denk' ihn nicht!
Solch schrecklichen Tag!
Ich will den Tag nicht sehn.
(sehr leidenschaftlich)
Ich will den Tag nicht denken.
Was quälst du dich und mich, Theres?

 そんな日のことなんて　考えたくない！

 そんな　嫌な日のこと！

 そんな日なんて　知るもんか

 （ひじょうに情熱的に）

 考えたくもない

 なぜ　そんなに　きみとぼくを　苦しめるの？　テレーズ！

MARSCHALLIN
元帥夫人

Heut oder morgen oder den übernächsten Tag.
Nicht quälen will ich dich, mein Schatz.
Ich sag, was wahr ist, sag's zu mir so gut als zu dir.

 今日か　明日か　それとも　あさってか　きっと

 あなたを　苦しめるつもりは　ないの

 でも　これは　本当のこと　二人のために　言うの

Leicht will ich's machen dir und mir.
Leicht muß man sein,
mit leichtem Herz und leichten Händen
halten und nehmen, halten und lassen...

 軽いものにしたいの　あなたにも　私にも

 軽くなくちゃ　だめ

 軽い心と　軽い手で

 持ったり　取ったり　持ったり　放したり……

Die nicht so sind, die straft das Leben, und Gott,
und Gott erbarmt sich ihrer nicht.

 そうしない人は　ばちが当たるわ

 神様からも　見放されるの

OCTAVIAN
オクタヴィアン

Sie spricht ja heute wie ein Pater.
Soll das heißen, daß ich Sie nie, nie mehr
werde küssen dürfen, bis ihr der Atem ausgeht?

 今日のきみは　神父様みたいだ

 ぼくはきみに　もう　二度と　キスをしては

 だめっていうこと？

 死ぬまで　もう　だめっていうことなの？

MARSCHALLIN　Quinquin, Er soll jetzt gehn,
元帥夫人
(sanft)
Er soll mich lassen.

　　カンカン　もう　行きなさい
　　(穏やかに)
　　私を　ひとりにして　ほしいの

Ich werd' jetzt in die Kirchen geh'n,
und später fahr' ich zum Onkel Greifenklau,
der alt und gelähmt ist
und eß mit ihm: das freut den alten Mann.

　　これから　教会へ　行くわ
　　そのあと　グライフェンクラウ伯父を　訪ねます
　　伯父様は　高齢で　脚が悪いの
　　昼食を　ご一緒すると　お喜びになるから

Und Nachmittag werd' ich Ihm einen Lauffer schicken,
Quinquin, und sagen lassen,
(zögernd)
ob ich in den Prater fahr'.

　　午後になったら　あなたに　使いをやって
　　お知らせするわ　カンカン
　　(ためらいがちに)
　　プラーター公園に　行くかどうか

Und wenn ich fahr'
und Er hat Lust,
so wird Er auch in den Prater kommen
und neben meinem Wagen reiten……
Jetzt sei Er gut und folg' Er mir.

　　もし私が　行くことに　したら
　　そして　その気がおありなら
　　あなたも　プラーターに　来てちょうだい
　　私の馬車の横を　馬に乗って　走るといいわ……
　　さあ　今は　私の言うことを　聞いて

OCTAVIAN　*(leise)*
オクタヴィアン　Wie Sie befiehlt, Bichette.
　　(Er geht ab.)

　　(小声で)
　　わかった　きみの言うとおりにする　ビシェット
　　(出て行く。)

MARSCHALLIN 元帥夫人	*(fährt leidenschaftlich auf)* Ich hab ihn nicht einmal geküßt. *(sie klingelt heftig. Lakaien kommen von rechts.)*	

（突然，ハッとして立ち上がる）
キスも しないで！
（烈しくベルを振る。召使いたちが右手から入ってくる。）

Lauft's dem Herrn Grafen nach
und bittet's ihn noch auf ein Wort herauf.
(Lakaien schnell ab)

伯爵様を 追いかけて 戻っていただいて！
言い忘れたことが あるからって
（召使いたちは，急いで出て行く）

MARSCHALLIN
元帥夫人
(sehr bewegt)
Ich hab ihn fortgehn lassen und ihn nicht einmal geküßt!
(Die vier Lakaien kommen zurück, außer Atem.)

（ひどく動揺して）
キスもせずに 彼を 帰してしまったなんて！
（四人の召使いたちが，息を切らして戻ってくる。）

LAKAIEN
召使いたち
Der Herr Graf sind auf und davon......
Gleich beim Tore sind aufgesessen......
Reitknecht hat gewartet......
Gleich beim Tor sind aufgesessen wie der Wind......

伯爵様は 行ってしまわれて……
門のところで すぐ 馬に乗られて……
馬丁が 待っておりましたので……
門のところで すぐ 馬に乗られて 風のように……

Waren um die Ecken wie der Wind......
Sind nachgelaufen......
Wie haben wir geschrien......
War umsonst......
Waren um die Ecken wie der Wind......

角を曲がって 風のように……
追いかけまして……
大声で お呼びしたのですが……
無駄でした……
角を曲がって 風のように……

MARSCHALLIN
元帥夫人
Es ist gut, Geht nur wieder.
(Die Lakaien ziehen sich zurück.)

もう いいわ 下がってちょうだい
（召使いたちは部屋から出て行く。）

(ruft nach)
Den Mohammed!
(Der kleine Neger herein, klingelnd, verneigt sich)
Das da trag'......
(Der Neger nimmt eifrig das Saffianfutteral.)

(呼びかける)

モハメートを 呼んで！

(黒人の少年が，鈴の音をたてながら入ってきて，お辞儀をする)

お願い これを 届けて……

(黒人の少年は，甲斐甲斐しく，羊皮紙のケースを受け取る。)

Weißt ja nicht wohin. Zum Grafen Octavian.
Gib's ab und sag.
(sehr ruhig)
da drinn ist die silberne Ros'n......
der Herr Graf weiß ohnehin......
(Der Neger läuft ab.)

届け先は オクタヴィアン伯爵様よ

これを お渡しして お伝えするの

(ひじょうに落ち着いた様子で)

中には 銀のばらが 入っています

伯爵様は もとより ご存じのはず とね

(黒人の少年は走って出て行く。)

Marschallin stützt den Kopf in die Hand und bleibt so, in träumerischer Haltung bis zum Schluß.

Der Vorhang beginnt hier langsam und geräuschlos zu fallen, vom vierten Viertel der Fermate ab rasch.

元帥夫人は，ひじをついた手に頭をもたせかけ，夢見るような様子で，終わりまでじっとしている。

ここで幕が，ゆっくりと，音もなく閉じ始める。最後のフェルマータの4つめの四分音符のところで，さっと幕が閉じられる。

第2幕
Zweiter Aufzug

Saal bei Herrn von Faninal. Mitteltüre nach dem Vorsaal. Türen links und rechts. Rechts auch ein großes Fenster. Zu beiden Seiten der Mitteltüre Stühle an der Wand. In den abgerundeten Ecken jederseits eine kleine unsichtbare Türe. Faninal, Sophie, Marianne Leitmetzerin, die Duenna, der Haushofmeister, Lakaien.

フォン・ファーニナル邸の大広間。中央の扉は玄関に通じている。左手と右手に，それぞれドア。右手には大きな窓もある。中央の扉の両側には，壁にそって椅子が数脚ずつ並んでいる。両側の丸くなったコーナーには，それぞれ小さな見えないドアがある。ファーニナル，ゾフィー，養育係のマリアンネ・ライトメッツァー，執事，召使いたち。

FANINAL
ファーニナル
(im Begriffe, von Sophie Abschied zu nehmen)
Ein ernster Tag, ein großer Tag!
Ein Ehrentag, ein heiliger Tag!
(Sophie küßt ihm die Hand)

（ゾフィーに別れを告げようとしながら）
厳粛な日　大いなる日だ！
名誉ある日　神聖な日だ！
（ゾフィーが父の手にキスする）

MARIANNE
マリアンネ
Der Josef fahrt vor mit der neuen Kaross'.
Hat himmelblaue Vorhäng'
vier Apfelschimmel sind dran.

　　ヨーゼフが　新しい馬車を　走らせているわ
　　窓には　空色の　カーテンが　かかって
　　四頭の　灰色をした　まだらの馬が　引いています

HAUSHOFMEISTER
執事
(nicht ohne Vertraulichkeit zu Faninal)
Ist höchste Zeit, daß Euer Gnaden fahren.
Der hochadelige Bräutigamsvater, sagt die Schicklichkeit,
muß ausgefahren sein, bevor der silberne Rosenkavalier vorfahrt.

（いくらか内密な言い方で，ファーニナルに）
　さあ　もう　ここを離れなくては　いけない時間です
　慣例によると　貴族の世界では　花嫁の父は
　銀のばらの騎士が　到着する前に
　外に出ていなくては　なりません

Wär' nicht geziemend,
daß vor der Tür sie sich begegneten!
(Lakaien öffnen die Tür)

　入り口の前で　出会ってしまったりしたら
　よろしくないでしょうから！
（召使いたちが扉を開ける）

FANINAL ファーニナル		In Gottes Namen. Wenn ich wiederkomm, so führ' ich deinen Herrn Zukünftigen bei der Hand. そりゃあ　大変だ　こんど　わしが　戻ってくるときは おまえの　婿どのの手を　引いてきてやるぞ
MARIANNE マリアンネ		Den edlen und gestrengen Herrn von Lerchenau! *(Faninal geht)* 由緒ある家柄の　厳格なお方　フォン・レルヘナウ様をね！ （ファーニナルは出て行く）
SOPHIE ゾフィー		*(vorgehend, allein)* In dieser feierlichen Stunde der Prüfung, da du mich, o mein Schöpfer, über mein Verdienst erhöhen und in den heiligen Ehestand führen willst,— （前方に進み出て，独白） この　晴れがましい　試練の時 神様は　私のような者を　祝福されて 神聖な　結婚生活へと　お導きくださる——
MARIANNE マリアンネ		*(am Fenster)* Jetzt steigt er ein. Der Xaver und der Anton springen hinten auf. （窓辺で） いま　馬車に　乗るところ　クサヴァーと　アントンが うしろに　跳び乗った
SOPHIE ゾフィー		*(hat große Mühe, gesammelt zu bleiben)* opfer' ich dir in Demut, mein Herz in Demut auf. （一生懸命，落ち着こうとして） 神様　つつしんで　私の心を　捧げます
MARIANNE マリアンネ		Der Stallpag' reicht dem Josef seine Peitschen. Alle Fenster sind voller Leut. 馬丁が　ヨーゼフに　鞭を　渡したわ どの窓も　人で　いっぱいよ
SOPHIE ゾフィー		Die Demut in mir zu erwecken, muß ich mich demütigen. 謙虚に　なるためには 自分を　卑下しなくては
MARIANNE マリアンネ		*(sehr aufgeregt)* Die halbe Stadt ist auf die Füß. （たいそう興奮して） 町の半分の　人たちが　見物に　出てるわ

SOPHIE ゾフィー	*(sammelt sich mühsam)* Demütigen und recht bedenken: die Sünde, die Schuld, die Niedrigkeit, die Verlassenheit, die Anfechtung!
	（なんとか自分を落ち着かせようとして） 謙虚にして　しっかり　心に留めます 罪や　負い目を　避けて はしたなくならず　さびしさや　誘惑に　負けないよう！
MARIANNE マリアンネ	Aus dem Seminari schaun die Hochwürdigen von die Balkoner. Ein alter Mann sitzt oben auf der Latern'.
	神学校の　神父様たちが　バルコニーに出て 見ていらっしゃる お年寄りが　街灯の上に　のぼっているわ
SOPHIE ゾフィー	Die Mutter ist tot und ich bin ganz allein. Für mich selber steh' ich ein. Aber die Ehe ist ein heiliger Stand.
	お母様は　亡くなって　私は　ひとりぽっち 頼りになるのは　自分だけ でも　結婚生活は　神聖なもの
DREI LAUFFER 三人の使い走りの男たち	*(noch von ferne, unten auf der Straße)* Rofrano, Rofrano!
	（まだ離れているところから，窓の下の道路で） ロフラーノ！　ロフラーノ！
MARIANNE マリアンネ	*(entzückt ausrufend)* Er kommt, er kommt.
	（うっとりして叫ぶ） おいでよ　おいでよ
DREI LAUFFER 三人の使い走りの男たち	*(hinter der Szene)* Rofrano. Rofrano!
	（舞台裏で） ロフラーノ　ロフラーノ！
MARIANNE マリアンネ	In zwei Karossen. Die erste ist vierspännig, die ist leer. In der zweiten, sechsspännigen, sitzt er selber, der Rosenkavalier.
	二台の馬車よ 一台目は　四頭立てで　だれも　乗っていない 二台目は　六頭立て これに　乗っているわ　ばらの騎士が

DREI LAUFFER 三人の使い走りの男たち	*(etwas näher)* Rofrano! Rofrano! （少し近づいて） ロフラーノ！ ロフラーノ！
SOPHIE ゾフィー	*(ziemlich fassunglos)* Ich will mich niemals meines neuen Standes überheben — — mich überheben...... （かなり落ち着きを失って） 私、けっして 自慢したりしないわ 新しい身分を 自慢したりは……
DREI LAUFFER 三人の使い走りの男たち	Rofrano! Rofrano! ロフラーノ！ ロフラーノ！
SOPHIE ゾフィー	Was rufen denn die? なんて 呼んでいるの？
MARIANNE マリアンネ	Den Namen vom Rosenkavalier und alle Namen von deiner neuen fürstlichen Verwandtschaft rufen's aus. *(mit lebhaften Gebärden)* Jetzt rangieren sich die Bedienten. Die Lakaien springen rückwärts ab! ばらの騎士の名前 それに あなたの 新しい 親戚になる方々の名前を みんな 呼んでいるの （活発に身体を動かしながら） いま 召使いたちが 整列したわ 従僕たちが 跳び降りた！
SOPHIE ゾフィー	Werden sie mein' Bräutigam sein' Namen auch so ausrufen, wenn er angefahren kommt!? みんな 私の花婿さまの名前も 呼ぶの？ 花婿さまが 馬車で いらしたときには？
DREI LAUFFER 三人の使い走りの男たち	*(dicht unter dem Fenster)* Rofrano! Rofrano! （窓のすぐ下で） ロフラーノ！ ロフラーノ！
MARIANNE マリアンネ	*(ganz begeistert)* Sie reißen den Schlag auf! Er steigt aus! （ひどく熱狂して） 馬車の扉を 開けたわ 降りていらっしゃる！

DREI LAUFFER 三人の使い走りの男たち	*(dicht unter dem Fenster)* Rofrano! Rofrano! （窓のすぐ下で） ロフラーノ！ ロフラーノ！	
MARIANNE マリアンネ	Ganz in Silberstück' ist er angelegt von Kopf zu Fuß. Wie ein heil'ger Engel schaut er aus. 全身　銀色の服を　着ていらっしゃる　頭から　足の先まで まるで　天使のような　お姿	
SOPHIE ゾフィー	Herrgott im Himmel! Ich weiß, der Stolz ist eine schwere Sünd'. Aber jetzt kann ich mich nicht demütigen. Jetzt geht's halt nicht! Denn das ist ja so schön, so schön! *(Lakaien haben schnell die Mitteltür aufgetan.)* ああ　神様！ 自慢するのは　重い罪　それは　わかっているけど 今の私は　謙虚になるなんて　無理 とても　できやしない だって　あんまり　きれいで　素敵なんですもの！ （召使いたちが，すばやく中央の扉を開ける。）	

Herein tritt Octavian, ganz in Weiß und Silber, mit bloßem Kopf, die silberne Rose in der Hand. Hinter ihm seine Dienerschaft in seinen Farben: Weiß mit Blaßgrün. Die Lakaien, die Haiducken mit krummen ungarischen Säbeln an der Seite, die Läufer in weißem, sämischem Leder mit grünen Straußenfedern. Dicht hinter Octavian ein Neger, der Octavians Hut und ein anderer Lakai, der das Saffianfutteral für die silberne Rose in beiden Händen fröhlich tragen. Dahinter die Faninalsche Livree. Octavian, die Rose in der Rechten, geht mit adeligem Anstand auf Sophie zu, aber sein Knabengesicht ist von einer Schüchternheit gespannt und gerötet. Sophie ist vor Aufregung über seine Erscheinung leichenblaß. Sie stehen einander gegenüber und machen sich wechselweise durch ihre Verlegenheit und Schönheit noch verwirrter.

オクタヴィアンが入ってくる。全身，白と銀色の服装。帽子はかぶらず，手に銀のばらを持っている。オクタヴィアンの後ろには，お供の者たち。オクタヴィアンの服の色に合わせて，白と薄緑色の服を着ている。さらに召使いたち，湾曲したハンガリーの剣を腰にさげた護衛兵たち，白いなめし皮の服を着て，緑色の駝鳥の羽根飾りを付けた使い走りの者たち。オクタヴィアンのすぐ後ろには，彼の帽子を持つ黒人の少年がおり，もうひとり別の召使いが，銀のばらのためのケースを両手でうれしそうに抱えている。そのあとから，ファーニナル家の召使いたち。オクタヴィアンがばらを右手にもち，貴族らしい作法でゾフィーの方へ進み出る。彼の童顔は，はにかみで張りつめ，紅潮している。ゾフィーは，オクタヴィアンの出現に緊張しすぎて，すっかり青ざめている。二人は向かい合って立ち，おたがいの当惑と美しさによって，ますますどぎまぎするばかりである。

OCTAVIAN オクタヴィアン	*(etwas stockend)* Mir ist die Ehre widerfahren, daß ich der hoch und wohlgeborenen Jungfer Braut, in meines Herrn Vetters Namen, dessen zu Lerchenau Namen, die Rose seiner Liebe überreichen darf.	

　　　　　　　（少し言葉につまりながら）
　　　　　　　光栄にも　この私が　大役を　仰せつかり
　　　　　　　気高く　清純な　花嫁に
　　　　　　　私の　いとこの
　　　　　　　レルヘナウの　名において
　　　　　　　このばらを　愛のしるしとして　お渡しいたします

SOPHIE ゾフィー	*(nimmt die Rose)* Ich bin Euer Liebden sehr verbunden. — Ich bin Euer Liebden in aller Ewigkeit verbunden. — *(Pause der Verwirrung)*	

　　　　　　　（ばらを受け取る）
　　　　　　　ご厚意　心から　感謝いたします
　　　　　　　いつまでも　末永く　感謝いたします
　　　　　　　（当惑のための間）

(indem sie an der Rose riecht)
Hat einen starken Geruch. Wie Rosen, wie lebendige.

　　　　　　　（ばらの香りをかいで）
　　　　　　　強い香りが　しますのね　まるで　本物のばらみたい

OCTAVIAN オクタヴィアン	Ja, ist ein Tropfen persischen Rosenöls darein getan.	

　　　　　　　ええ　ペルシャのバラ油を　一滴　たらしてあります

SOPHIE ゾフィー	Wie himmlische, nicht irdische, wie Rosen vom hochheiligen Paradies. Ist Ihm nicht auch? *(Octavian neigt sich über die Rose, die sie ihm hinhält; dann richtet er sich auf und sieht auf ihren Mund.)*	

　　　　　　　天国のばらのよう　この世のものとは　思われない
　　　　　　　清らかな　天国の　ばらのよう　そうではなくて？
　　　　　　　（オクタヴィアンは，ゾフィーが差し出したばらの上に身をかがめる。それからまっすぐに立ち，ゾフィーの口もとを見つめる。）

Ist wie ein Gruß vom Himmel. Ist bereits zu stark,
als daß man's ertragen kann.
Zieht einen nach, als lägen Stricke um das Herz.

　　　　　　　まるで　天国からの　あいさつのよう　香りが　強すぎて
　　　　　　　耐えられないくらい
　　　　　　　胸が　きゅんと　引っ張られるような

	(leise) Wo war ich schon einmal und war so selig?
	（小声で） こんなに　幸せだったことが これまでに　あったかしら？
OCTAVIAN オクタヴィアン	*(wie unbewußt und noch leiser)* Wo war ich schon einmal und war so selig?
	（まるで無意識で言うように，いっそう小さな声で） こんなに　幸せだったことが これまでに　あっただろうか？
SOPHIE ゾフィー	*(mit Ausdruck)* Dahin muß ich zurück! und müßt' ich völlig sterben auf dem Weg! Allein ich sterb' ja nicht. Das ist ja weit. Ist Zeit und Ewigkeit in einem sel'gen Augenblick, den will ich nie vergessen bis an meinen Tod.
	（力をこめて） あそこへ　戻らなくては！　たとえ　途中で　死んでも！ でも　私は　死にはしない それは　遠い　ところ　永遠の時が この　幸せな　瞬間の中に　あるのだわ この瞬間を　私は　けっして忘れない　死ぬまで　忘れない
OCTAVIAN オクタヴィアン	*(zugleich mit ihr)* Ich war ein Bub', da hab' ich die noch nicht gekannt.
	（ゾフィーと同時に） ぼくは　子供だった この人を　まだ　知らずにいた

Wer bin denn ich?
Wie komm' denn ich zu ihr?
Wie kommt denn sie zu mir?

　　ぼくは　いったい　誰なんだ？
　　どうして　ぼくは　この人のところへ？
　　どうして　この人は　ぼくのところへ？

Wär' ich kein Mann, die Sinne möchten mir vergehn
Das ist ein seliger Augenblick,
den will ich nie vergessen bis an meinen Tod.

しっかりしないと　気が遠くなりそうだ
この　幸福な　瞬間
この瞬間を　ぼくは　けっして忘れない　死ぬまで　忘れない

Indessen hat sich die Livree Octavians links rückwärts rangiert. Die Faninalschen Bedienten mit dem Haushofmeister rechts. Der Lakai Octavians übergibt das Futteral an Marianne. Sophie schüttelt ihre Versunkenheit ab und reicht die Rose der Marianne, die sie ins Futteral schließt. Der Lakai mit dem Hut tritt von rückwärts an Octavian heran und reicht ihm den Hut. Die Livree Octavians tritt ab, während gleichzeitig die Faninalschen Bedienten drei Stühle in die Mitte tragen, zwei für Octavian und Sophie, einen rück- und seitwärts für die Duenna. Zugleich trägt der Faninalsche Haushofmeister das Futteral mit der Rose durch die Tür rechts ab. Sofort treten auch die Faninalschen Bedienten durch die Mitteltür ab. Sophie und Octavian stehen einander gegenüber, einigermaßen zur gemeinen Welt zurückgekehrt, aber befangen.

その間，オクタヴィアンのお供の者たちは，左手後方で整列の体勢をとっている。ファーニナル家の召使いたちと執事は，右手に位置をとる。オクタヴィアンの召使いが，ばらのケースをマリアンネに手渡す。物思いに耽っていたゾフィーは我に返り，ばらをマリアンネに渡し，マリアンネはそれをケースにしまう。帽子を持った召使いが，後ろからオクタヴィアンの方へ歩み寄り，彼に帽子を手渡す。オクタヴィアンのお供の者たちは下がり，その間ファーニナル家の召使いたちが三脚の椅子を舞台中央に運ぶ。二つはオクタヴィアンとゾフィーのため，一つは後ろ横側に座る養育係のためのものである。それと同時に，ファーニナル家の執事が，ばらの入ったケースを持って，右手のドアから退出する。ファーニナル家の召使いたちも，すぐに中央扉から出て行く。ゾフィーとオクタヴィアンが向かい合って立つ。二人とも，いくぶんかは現実の世界に戻ったようだが，ぎこちない様子。

SOPHIE
ゾフィー

(Auf eine Handbewegung Sophies nehmen sie beide Platz, desgleichen die Duenna, im selben Augenblick, wo der Haushofmeister unsichtbar die Tür rechts von außen zuschließt.)
Ich kenn' Ihn schon recht wohl, mon cousin!

(ゾフィーが手で合図をし，二人は椅子に座る。養育係も席に着く。それと同時に，執事が右手のドアを外側から閉める。)

私　あなたのこと　よく　知っていますの

OCTAVIAN
オクタヴィアン

Sie kennt mich, ma cousine?

ぼくのことを　知っている？

SOPHIE ゾフィー		Ja, aus dem Buch, wo die Stammbäumer drin sind, dem Ehrenspiegel Österreichs. Das nehm' ich immer Abends mit ins Bett und such' mir meine zukünftige Verwandtschaft drin zusammen. ええ　系図の書いてある　本を読んで 「オーストリア貴族名鑑」ていう本ですの 私　それを　毎晩　寝床で　読んで 私の　未来の　親戚の人たちを　探すのよ
OCTAVIAN オクタヴィアン		Tut Sie das, ma cousine? そんなことを　するの？
SOPHIE ゾフィー		Ich weiß, wie alt Euer Liebden sind: Siebzehn Jahr' und zwei Monat. Ich weiß all Ihre Taufnamen: Octavian, Maria, Ehrenreich, Bonaventura, Fernand, Hyacinth. あなたの　お年だって　知ってるわ 十七歳と　二ヵ月ね 洗礼名だって　全部　言えます　オクタヴィアン　マリア エーレンライヒ ボナヴェントゥーラ　フェルナン　ヒヤキント
OCTAVIAN オクタヴィアン		So gut weiß ich sie selber nicht einmal. ぼく自身でさえ　そんなによく　知らないのに
SOPHIE ゾフィー		Ich weiß noch was. *(errötet)* まだ　知ってることが　あるわ （顔を赤らめて）
OCTAVIAN オクタヴィアン		Was weiß Sie noch, sag' Sie mir's, ma cousine. まだ　知ってるって　何を？　ねえ　言ってください
SOPHIE ゾフィー		*(ohne ihn anzusehen)* Quinquin. （オクタヴィアンの顔を見ずに） カンカン
OCTAVIAN オクタヴィアン		*(lacht)* Weiß Sie den Namen auch? （笑って） その名まで　ご存じなんですか？

	SOPHIE ゾフィー	So nennen Ihn halt seine guten Freunde und schöne Damen, denk' ich mir, mit denen Er recht gut ist. *(kleine Pause)* 仲良しの　お友達は　みんな　そう呼ぶそうね きれいな　ご婦人たちも　きっとそうね あなたと　親しい　方たちは 〈しばらく黙って〉 *(mit Naivität)* Ich freu' mich aufs Heiraten! Freut Er sich auch darauf? Oder hat Er leicht noch gar nicht dran gedacht, mon cousin? Denk' Er: Ist doch was andres als der ledige Stand. 〈ナイーヴに〉 私、結婚するのが　楽しみなの！あなたも　そうかしら？ それとも　結婚なんて　まだ　考えたことも　ないかしら？ だって　一人のときとは　やっぱり　違いますものね
OCTAVIAN オクタヴィアン		*(leise, während sie spricht)* Wie schön sie ist! 〈彼女が話している間、小声で〉 なんて　きれいな人なんだ！
SOPHIE ゾフィー		Freilich, Er ist ein Mann, da ist Er was Er bleibt. Ich aber brauch' erst einen Mann, daß ich was bin. Dafür bin ich dem Mann dann auch gar sehr verschuldet. もちろん　あなたは男ですから　そんなことはないけど 私は女ですから　夫がいて初めて　一人前なの ですから　夫になる人には　感謝しなくては　いけないの
OCTAVIAN オクタヴィアン		*(gerührt und leise)* Mein Gott, wie schön und gut sie ist. Sie macht mich ganz verwirrt. 〈感動し、小声で〉 なんて　きれいで　優しい人なんだ！ 気持ちが　すっかり　混乱してしまう
SOPHIE ゾフィー		Ich werd ihm keine Schand' nicht machen und meinem Rang und Vortritt. 夫の名誉も　私の誇りも けっして　傷つけたりは　しないわ

(sehr lebhaft)
Täte eine, die sich besser dünkt als ich,
ihn mir bestreiten
bei einer Kindstauf oder Leich',
so will ich, wenn es sein muß,
mit Ohrfeigen ihr beweisen,

 もしだれか　私を蔑んで　夫を
 奪おうとでも　したら
 洗礼式だって　お葬式だって
 私　許さない　場合によっては
 頬を　ひっぱたいて　思い知らせてやるわ

daß ich die Vornehmere bin
und lieber alles hinnehme
wie Kränkung oder Ungebühr.

 私のほうが　位が上で
 侮辱や　無礼は
 許さない　っていうことを

OCTAVIAN
オクタヴィアン

(lebhaft)
Wie kann Sie denn nur denken,
daß man Ihr mit Ungebühr begegnen wird,
da Sie doch immer die Schönste,
die Allerschönste sein wird.

 〔潑剌と〕
 そんなこと　あるものですか
 人が　あなたに　無礼なことを　するなんて
 だって　あなたは　いつだって　いちばん美しい
 そう　だれよりも美しい　人でしょうから

SOPHIE
ゾフィー

Lacht Er mich aus, mon cousin?

 私のこと　お笑いになるの？

OCTAVIAN
オクタヴィアン

Wie, glaubt Sie das von mir?

 まさか　そんなふうに　見えますか？

SOPHIE		Er darf mich auslachen, wenn Er will.
ゾフィー		Von Ihm laß ich alles mir gerne geschehen,
		weil mir nie noch ein junger Kavalier...
		von Nähe oder Weiten also wohlgefallen hat wie Er.
		Jetzt aber kommt mein Herr Zukünftiger.

　　　お笑いになっても　いいのよ
　　　私，あなたになら　何をされても　かまわないわ
　　　だって　あなたみたいに　感じの良い　若いお方は
　　　これまで　一度も　お会いしたことが　ありませんもの
　　　あら　もう　私の　花婿様が　いらっしゃるわ

Die Tür rückwärts auf. Alle drei erheben sich und treten nach rechts. Faninal führt den Baron zeremoniös über die Schwelle und auf Sophie zu, indem er ihm den Vortritt läßt. Die Lerchenausche Livree folgt auf Schritt und Tritt: zuerst der Almosenier mit dem Sohn und Leibkammerdiener. Dann folgt der Leibjäger mit einem ähnlichen Lümmel, der ein Pflaster über der eingeschlagenen Nase trägt, und noch zwei von der gleichen Sorte, vom Rübenacker her in die Livree gesteckt. Alle tragen wie ihr Herr Myrtensträußchen. Die zwei Faninalschen Boten bleiben im Hintergrunde.

後ろの扉が開く。三人はみな立ち上がり，右の方へ行く。ファーニナルがオックス男爵を儀式張ったしぐさで導き入れ，男爵に先をゆずりながら，ゾフィーの方へ進む。レルヘナウ家のお供の者たちが，主人の後ろから次々に入ってくる。まず布教師，それに従僕として使っている男爵の隠し子。次は狩猟係で，この男は，へし折れた鼻に絆創膏を貼った，彼にお似合いのごろつきと，さらに，大根畑から引き抜いてそのまま制服に突っ込んだような，二人の同類を連れている。彼らはそろって，主人と同じように，小さなミルテの花束を持っている。ファーニナル家の二人の召使いが，舞台後方に控えている。

FANINAL		Ich präsentiere Euer Gnaden Dero Zukünftige.
ファーニナル		こちらが　あなた様の　花嫁でございます
BARON		*(macht die Reverenz, dann zu Faninal)*
男爵		Deliziös! Mach' Ihm mein Kompliment.
		(er küßt Sophie die Hand, gleichsam prüfend)
		Ein feines Handgelenk. Darauf halt ich gar viel.
		Ist unter Bürgerlichen eine seltne Distinktion.

　　　（敬礼をしてから，ファーニナルに）
　　　たいへん　結構！　すてきな　娘さんですな
　　　（男爵はゾフィーの手に，値踏みをするかのようにキスする）
　　　ほっそりした　手だ　こうでなくては
　　　町人の娘には　こういうのは　珍しい

OCTAVIAN		*(halblaut)*
オクタヴィアン		Es wird mir heiß und kalt.

　　　（声を小さくして）
　　　なんて　無礼な　やつなんだ

FANINAL
ファーニナル

Gestatten, daß ich die getreue Jungfer
Marianne Leitmetzerin —
(Marianne präsentierend, die dreimal tief knickst)

さて こちらが 忠実な 養育係の
マリアンネ ライトメッツァー……
（マリアンネを紹介する。彼女は三回，膝を深く折ってお辞儀をする）

BARON
男爵

(indem er unwillig abwinkt)
Laß Er das weg.
Begrüß Er jetzt mit mir meinen Herrn Rosenkavalier.

（面倒くさそうに一礼して）
それは いいから
まず 私と一緒に 挨拶を ばらの騎士どのに

Das Lerchenausche Gefolge kommt endlich zum Stillstand, nachdem es Sophie fast umgestoßen, und retiriert sich um ein paar Schritte.

レルヘナウ家のお供の者たちは，ゾフィーをほとんど突き倒しそうになったりしたあと，ようやく静かになり，数歩後ろに引き下がる。

SOPHIE
ゾフィー

(mit Marianne rechts stehend, halblaut)
Was sind das für Manieren? Ist da leicht ein Roßtauscher
und kommt ihm vor, er hätt' mich eingetauscht.

（マリアンネと右手の方に立って，少し大きな声で）
なんて 不作法なの 馬の取引を する人みたい
私を 馬みたいに 買い取った とでもいうように

(Der Baron tritt mit Faninal auf Octavian zu, unter Reverenz, die Octavian erwidert.)

（男爵はファーニナルと一緒に，オクタヴィアンの前に進み出て，敬礼する。オクタヴィアンはそれに答える。）

MARIANNE
マリアンネ

Ein Kavalier hat halt ein ungezwungenes,
leutseliges Betragen.
Sag dir vor, wer er ist
und zu was er dich macht,
so werden dir die Faxen gleich vergehn.

立派な紳士は 格式ばらない
ざっくばらんな 振る舞いを するものです
あの方が 誰で
あなたの 何になる方か 考えてごらんなさい
そうすれば そんな おかしな考えは 消えてなくなります

BARON	*(zu Faninal)*
男爵	Ist gar zum Staunen, wie der junge Herr jemand
	Gewissem ähnlich sieht.
	Hat ein Bastardel, recht ein saubres, zur Schwester.

   （ファーニナルに）
  まったく　驚きだ　あの青年
  ある人に　そっくりなんですよ
  私生児なんだが　妹がいるんです　すごく可愛らしいのがね

  (plump, vertraulich)
Ist kein Geheimnis unter Personen von Stand.
Hab's aus der Fürstin eignem Mund.

   （馴れ馴れしく，内緒話のように）
  身分ある人たちの間じゃ　みんな　知ってることです
  侯爵夫人からも　そう　聞きました

  (gemächlich)
und weil der Faninal sozusagen jetzo
zu der Verwandtschaft gehört!
Mach' dir kein Depit darum, Rofrano,
  (immer breiter)
daß dein Vater ein Streichmacher war,

   （鷹揚な調子で）
  それに　ファーニナルさんだって　今や
  貴族の　仲間入りを　するわけなんだから！
  恥ずかしがるこたあ　ないよ　ねえ　ロフラーノ君
   （ますます大きな態度で）
  君の父上が　隅におけない　色好みだったからって

  (lachend)
befindet sich dabei in guter Compagnie, der sel'ge Marchese.
Ich selber excludier' mich nicht.

   （笑いながら）
  それでこそ　今は亡き侯爵も　立派な男だったといえる
  かく言う　この私だって　例外じゃない

SOPHIE	Jetzt läßt er mich so stehn, der grobe Ding!
ゾフィー	Und das ist mein Zukünftiger.
	Und blattersteppig ist er auch, o mein Gott!

  私を　こんなに　ほったらかして！　がさつな人！
  これが　私の　花婿だなんて
  顔は　あばただらけだし　ああ嫌だ！

BARON 男爵		*(zu Faninal)* Seh', Liebden, schau' dir dort den Langen an, den Blonden, hinten dort.

（ファーニナルに）

ねえ　あなた　ご覧なさい　あそこにいる　あの長身で
金髪の男　ほら　後ろに　いるでしょう

Ich will ihn nicht mit Fingern weisen,
aber er sticht wohl hervor
durch eine adelige Contenance.

あえて　指さしたりは　しませんがね
やっぱり　わかるでしょう
貴族らしい　物腰で

Ist aber ein ganz besondrer Kerl.
Sagt nichts, weil ich der Vater bin,
hat's aber faustdick hinter den Ohren.

そんじょそこらの　やつとは違う
私が　父親だからって　何も言いはしないが
あれで　なかなか　抜け目がない

MARIANNE
マリアンネ

Na, wenn er dir von vorn nicht gefällt, du Jungfer Hochmut,
so schau' ihn dir von rückwärts an,
da wirst was sehn, was dir schon gefallen wird.

まあ　わがままな　お嬢様だこと　前から見て
気に入らないのなら　後ろから　ご覧になると　いいですわ
きっと　気に入るものが　ありますでしょう

SOPHIE
ゾフィー

Möcht' wissen, was ich da schon sehen werd'.

そんなもの　あるはず　ないわ

MARIANNE
マリアンネ

(Ihr nachspottend)
Möcht' wissen, was ich da schon sehen wird.
Daß es ein kaiserlicher Kämmerer ist,
den dir dein Schutzpatron
als Herrn Gemahl spendiert hat.
Das kannst' sehn mit einem Blick.

(ゾフィーを叱りつける口調で)

いいえ　あります　かならず
あなたの　守護聖人が　あなたのために
選んでくださった
皇室侍従の　身分の方です
見れば　ひと目で　わかります

Der Haushofmeister tritt verbindlich auf die Lerchenauschen Leute zu und führt sie ab. Desgleichen tritt die Faninalache Livree ab bis auf zwei, welche Wein und Süßigkeiten servieren.

執事がうやうやしくレルヘナウ家の者たちのところへ進み出て，案内しながら彼らを外へ連れ出す。それと同時に，ファーニナルの召使いたちも，ワインと菓子類を給仕する二人を残して退場する。

FANINAL ファーニナル	*(zum Baron)* Belieben jetzt vielleicht? — ist ein alter Tokaier. （男爵に） いかがでしょうか？　これは　古い　トカイ酒でして
BARON 男爵	Brav, Faninal, er weiß, was sich gehört. Serviert einen alten Tokaier zu einem jungen Mädel. Ich bin mit ihm zufrieden. そりゃ　いい　ファーニナル　あんたは　心得のある人だ 古いトカイ酒を　若い娘に　添えてくれるとは 私は　大いに　満足だ *(zu Octavian)* Mußt denen Bagatelladeligen immer zeigen, daß nicht für unsresgleichen sich ansehen dürfen, muß immer was von Herablassung dabei sein. （オクタヴィアンに） こういう　成り上がり貴族には　いつも　わからせる必要がある 我々と同じだなんて　思ってはいけない　ってことを いつも　へりくだった態度を　とるべきだとな
OCTAVIAN オクタヴィアン	*(spitzig)* Ich muß Deine Liebden sehr bewundern. Hast wahrhaft große Weltmanieren. Könnt'st einen Ambassadeur vorstellen heut oder morgen. （皮肉をこめて） 敬服のほかは　ありません じつによく　世間の礼儀を　心得ていらっしゃる 大使だって　務まりますね　すぐにでも

BARON　*(derb)*
男爵
Ich hol' mir jetzt das Mädl her.
Soll uns jetzt Konversation vormachen,
damit ich seh', wie sie beschlagen ist.
(Baron geht hinüber, nimmt Sophie bei der Hand, führt sie mit sich)

（ぞんざいに）

さて　あの娘を　連れてきましょうか

話のひとつでも　させてみましょう

そうすりゃ　躾（しつけ）の善し悪しも　わかるというもの

（男爵は右手に行き，ゾフィーの手をとって連れてくる）

Eh bien! Nun plauder' Sie uns eins, mir und dem
Vetter Taverl.
Sag' Sie heraus, auf was Sie sich halt in der Eh'
am meisten freut.
(setzt sich, will sie halb auf seinen Schoß ziehen)

さてと　何か　話してごらん　私と

いとこの　ターヴェルに

言ってごらん　結婚で　何をいちばん

楽しみに　しているか

（椅子に座り，ゾフィーをなかば自分の膝の上に乗せようとする）

SOPHIE　*(entzieht sich ihm)*
ゾフィー
Wo denkt Er hin?

（男爵から逃れようとして）

何を　なさるの？

BARON　*(behaglich)*
男爵
Pah! Wo ich hindenk! Komm Sie da ganz nah zu mir,
dann will ich Ihr erzählen, wo ich hindenk'.
(gleiches Spiel, Sophie entzieht sich ihm heftiger)

（上機嫌で）

ほう！　何をするかって？　もっと　うんと近くへ　おいで

そしたら　教えてあげよう　何をするか

（同じ仕草を繰り返す。ゾフィーは必死に逃れようとする）

(behaglich)
Wär' Ihr leicht präferabel, daß man wegen Ihrer
den Zeremonienmeister sollt' hervortun?
Mit „mill pardons" und „devotion"
und „Geh da weg" und „hab' Respekt"?

（上機嫌で）

君は　ひょっとして　この私に

式部長官みたいに　しろっていう　つもりかい？

「恐縮至極」とか　「畏れ謹んで」とか

「ご遠慮を」とか　「敬意をもって」とか？

SOPHIE ゾフィー		Wahrhaftig und ja gefiele mir das besser! ええ その方が 私には よほど ましです!
BARON 男爵		*(lachend)* Mir auch nicht! Das sieht Sie! Mir auch ganz und gar nicht! Bin einer biedern offenherzigen Galanterie recht zugetan. (笑いながら) 私は いやだ！ とんでもない！ 真っぴらご免だね！ 飾らない 開けっぴろげな 作法のほうが 好きだね
FANINAL ファーニナル		*(nachdem er Octavian den zweiten Stuhl angeboten hat, den dieser ablehnt)* *(für sich)* Wie ist mir denn! Da sitzt ein Lerchenau und karessiert in Ehrbarkeit mein Sopherl, *(stärker)* als wär' sie ihm schon angetraut. (オクタヴィアンに第二の椅子をすすめるが，オクタヴィアンはこれを断る) (独白) なんという感激だ！ レルヘナウの男爵が ここに座って うちのゾフィーに やさしくして くださる (声を大きくして) もう 晴れて 結婚したかのようにだ Und da steht ein Rofrano, grad' als müßt's so sein — Ein Graf Rofrano, sonsten nix — der Bruder vom Marchese Obersttruchseß. そして こちらには ロフラーノが 立っている まるで当然のように ほかでもない ロフラーノ家の 伯爵だ 侍従長を務める 侯爵の 弟の方なのだ
OCTAVIAN オクタヴィアン		*(zornig für sich)* Das ist ein Kerl, dem möcht' ich wo begegnen mit meinem Degen da, wo ihn kein Wächter schreien hört. Ja, das ist alles, was ich möcht'. (怒って，独白) あんな奴は どこかで 会ったら この剣で 一撃を 喰らわせてやりたい 奴の 悲鳴が だれにも 聞こえないところで ぜひとも そうして やりたい

SOPHIE ゾフィー	*(zum Baron)* Ei, laß Er doch, wir sind nicht so vertraut!	

（男爵に）
いや　やめてください　まだ　知り合った　ばかりなのに！

BARON 男爵	*(zu Sophie)* Geniert Sie sich leicht vor dem Vetter Taverl? Da hat Sie unrecht.	

（ゾフィーに）
いとこの　ターヴェルがいるから　恥ずかしいのかい？
そんな　心配は　いらんよ

Hör' Sie, in Paris,
wo doch die hohe Schul' ist für Manieren,
gibt's frei nichts,

いいかい　あのパリだって
礼儀に　うるさい　あのパリだって
新婚夫婦は　何をしたって　かまわない

was unter jungen Eheleuten geschieht,
wozu man nicht Einladungen ließ ergehn
zum Zuschau'n, ja an den König selber.
(Baron wird immer zärtlicher mit ihr, sie weiß sich kaum zu helfen.)

わざわざ　人を招待してまで
見せびらかす　くらいなんだ
そう　国王にだってな
（男爵は、ますますゾフィーにいちゃつこうとする。ゾフィーはどうしていいかわからない。）

OCTAVIAN オクタヴィアン	*(wütend)* Daß ich das Mannsbild sehen muß, so frech, so unverschämt mit ihr. Könnt' ich hinaus und fort von hier!	

（憤慨して）
こんな　男を　見ていなくては　ならないなんて
彼女に対して　なんて　無礼で　恥知らずなんだ
こんなところに　いたくない！　早く　出て行きたい！

FANINAL ファーニナル	*(für sich)*	

Wär' nur die Mauer da von Glas,
daß alle bürgerlichen Neidhammeln von Wien
sie en familie beisammen so sitzen sehn!
Dafür wollt' ich mein Lerchenfelder Eckhaus geben, meiner Seel'!

 (独白)

 ああ　家の壁が　ガラスだったら
 ウィーン中の人々が　妬むだろうに
 わしらが　こんなに　和やかにしているのを　見て！
 そのためだったら　レルヘンフェルトの　わしの家を　手放してもいい　本当に！

BARON 男爵	*(zu Sophie)*	

Laß Sie die Flausen nur! Gehört doch jetzo mir!
Geht all's recht! Sei Sie gut! Geht alles so wie am Schnürl!

 (ゾフィーに)

 野暮なことは　言わないで！　君は　もう　私のものじゃないか！
 心配しないで！　いい子にして！　万事　うまくいくから！

 (halb für sich, sie cajolierend)

Ganz meine Massen! Schultern wie ein Henderl!

 (なかば独白で，彼女を愛撫しながら)

 まったく　私好みだ！　肩は　まるで若鶏みたいだ！

Hundsmager noch — das macht nichts, aber weiß, weiß
mit einem Glanz, wie ich ihn ästimier'!
Ich hab' halt ja ein lerchenauisch Glück!

 肉付きが　いまひとつだが　かまわん　なにせ　白い
 輝くように　白い　私の好みに　ぴったりだ！
 私は　まさに　レルヘナウの　幸運児だ！

SOPHIE ゾフィー	*(reißt sich los und stampft auf)*	

 (振り切って，地団駄を踏む)

BARON 男爵	*(vergnügt)*	

Ist Sie ein rechter Kapricenschädel.
(auf und ihr nach)
Steigt Ihr das Blut gar in die Wangen,
daß man sich die Hand verbrennt?

 (満足そうに)

 こりゃあ　なかなか　生きのいい娘だ
 (立ち上がって，彼女のあとを追う)
 ほっぺに　血がのぼって
 触ると　やけどするかな？

SOPHIE
ゾフィー

(rot und blaß vor Zorn)
Laß Er die Hand davon!
(Octavian in stummer Wut, zerdrückt das Glas, das er in der Hand hält, und schmeißt die Scherben zu Boden)

（怒りのあまり，赤くなったり青くなったりして）
手を　どけてください！
（オクタヴィアンは無言のまま，怒りに燃え，手にしたグラスを握りつぶし，破片を床に叩きつける）

MARIANNE
マリアンネ

(läuft mit Grazie zu Octavian hinüber, hebt die Scherben auf und raunt ihm mit Entzücken zu)
Ist recht ein familiärer Mann, der Herr Baron!
Man delektiert sich, was er all's für Einfälle hat!

（優雅な身のこなしでオクタヴィアンの方へ行き，破片を拾い上げ，うっとりした表情で彼にささやきかける）
たいそう　うち解けた方ですわね　男爵様は！
おっしゃることが　本当に　面白いですもの！

BARON
男爵

(dicht bei Sophie)
Geht mir nichts darüber!
Könnt' mich mit Schmachterei und Zärtlichkeit
nicht halb so glücklich machen, meiner Seel'!

（ゾフィーに身体をぴったり寄せて）
わしには　これが　なによりだ！
あだっぽい風情や　甘えた態度なんぞ
わしには　半分も　うれしかぁないさ　まったく！

SOPHIE
ゾフィー

(scharf, ihm ins Gesicht)
Ich denk' nicht dran, daß ich Ihn glücklich mach'!

（面と向かって，鋭い口調で）
あなたを　喜ばせるなんて　とんでもないわ！

BARON
男爵

(gemütlich)
Sie wird es tun, ob Sie daran wird denken oder nicht.

（上機嫌で）
わしはうれしいさ　君にその気が　あろうとなかろうと

OCTAVIAN オクタヴィアン *(für sich, blaß vor Zorn)*
Hinaus! Hinaus! und kein Adieu!
Sonst steh' ich nicht dafür,
daß ich nicht was Verwirrtes tu'!
Hinaus aus diesen Stuben! Nur hinaus!

（怒りのあまり青ざめながら、つぶやく）
ここから 出て行きたい！ 挨拶なんか 抜きにして！
そうでないと 自分が どんな無茶を
やらかすか わからない！
出て行くんだ この部屋から！ ここには いられない！

Indessen ist der Notar mit dem Schreiber eingetreten, eingeführt durch Faninals Haushofmeister. Dieser meldet ihn dem Herrn von Faninal leise. Faninal geht zum Notar nach rückwärts hin, spricht mit ihm und sieht einen vom Schreiber vorgehaltenen Aktenfaszikel durch.

その間に、公証人が書記を連れ、ファーニナル家の執事に導かれて入って来ている。執事はファーニナルに小声で報告する。ファーニナルは後方にいる公証人のところへ行き、彼と話をし、書記が差し出して見せる書類に目を通す。

SOPHIE ソフィー *(zwischen den Zähnen)*
Hat nie kein Mann dergleichen Reden nicht zu mir geführt!
(wütend)
Möcht' wissen, was ihm dünkt von mir und Ihm?
Was ist Er denn zu mir?

（歯ぎしりしながら）
私に こんな失礼なことを 言った人
これまでいなかったわ！
（怒りを露わにして）
私を何だと 自分を何だと 思っているの？
あなたは 私の 何なんです？

BARON 男爵 *(gemütlich)*
Wird kommen über Nacht,
daß Sie ganz sanft
wird wissen, was ich bin zu Ihr.
Ganz wie's im Liedel heißt — kennt Sie das Liedel?
Lalalalala —

（ご機嫌な様子で）
一夜明ければ
君も ちゃあんと わかるだろうさ
わしが 君の何なのか
そうさ 歌にあるとおり 知ってるかな その歌を？
ラララララ——

(recht gefühlvoll)
Wie ich Dein alles werde sein!
Mit mir, mit mir keine Kammer dir zu klein,
ohne mich, ohne mich jeder Tag dir so bang,
(frech und plump)
mit mir, mit mir keine Nacht dir zu lang —

(情感たっぷりに)
きみは　すっかり　わしのもの！
わしがいれば　わしがいれば　どんな狭い部屋も　天国のよう
わしがいないと　わしがいないと　毎日　不安で　たまらない
(厚かましく，下品に)
わしがいれば　わしがいれば　夜はちっとも　長くない──

(Da er sie immer fester an sich drückt, reißt sie sich los und stößt ihn heftig zurück)

(男爵がますます強く抱きしめるので，ゾフィーは身をふりほどき，男爵をはげしく押し返す)

OCTAVIAN
オクタヴィアン

(ohne hinzusehen, und doch sieht er alles, was vorgeht)
Ich steh' auf glüh'nden Kohlen!
Ich fahr' aus meiner Haut!
Ich büß' in dieser einen Stund'
all meine Sünden ab!

(目をそらしてはいるものの，起こっていることは，すべて見えている)
焼けた炭の上に　立っているようだ！
怒りを　抑えられない！
この一時間は　まさに
地獄の責め苦だ！

MARIANNE
マリアンネ

(zu Sophie eilend)
Ist recht ein familiärer Mann, der Herr Baron!
Man delektiert sich, was er all's für Einfäll' hat!
(krampfhaft in Sophie hineinredend)
was er all's für Einfäll' hat, der Herr Baron,
der Herr Baron!

(ゾフィーの方へ急いで行って)
たいそう　うち解けた　お方だわ　男爵様って！
おっしゃることが　本当に　おもしろくて！
(いきり立ってゾフィーに言い聞かせる)
おもしろい方なんですよ　男爵様は！
男爵様は！

BARON 男爵 *(für sich, sehr vergnügt)*
Wahrhaftig und ja, ich hab' halt ein Lerchenauisch' Glück!
Gibt gar nichts auf der Welt, was mich so enflammiert
und also vehement verjüngt als wie ein rechter Trotz!
(Faninal und der Notar, hinter ihnen der Schreiber, sind an der linken Seite nach vorn gekommen.)

（大いに満足して，独白）
まったく　そうだ　これぞまさに　レルヘナウの幸福だ！
この世で　わしを　いちばん　燃え上がらせて
何より　若返らせるのは　そうさ　強情な娘だ！
（ファーニナルと公証人が，書記を後ろに従えて，左手の前方に来ている。）

(sowie er den Notar erblickt, eifrig zu Sophie, ohne zu ahnen, was in ihr vorgeht)
Dort gibt's Geschäften jetzt, muß mich dispensieren:
bin dort von Wichtigkeit. Indessen
der Vetter Taverl leistet Ihr Gesellschaft!

（公証人がいると知るやいなや，ゾフィーの胸中を察することもなく，せかすように語る）
用事があるんで　失礼するよ
大事な　用事なんだ　その間
いとこの　ターヴェルが　相手をするさ！

FANINAL ファーニナル
Wenn's jetzt belieben tät', Herr Schwiegersohn!
もし　差し支えなければ　婿どの！

BARON 男爵 *(eifrig)*
Natürlich wird's belieben.
(im Vorbeigehen zum Octavian, den er vertraulich anfaßt)
Hab' nichts dawider,
wenn du ihr möchtest Äugerl machen, Vetter,
jetzt oder künftighin.

（乗り気になって）
むろん　かまわんよ
（通りすがりにオクタヴィアンをつかまえ，親しげに）
わしゃ　かまわんよ　いとこどの
きみが　あの子に　色目を使ったって
今すぐでもいいし　いつかそのうちでもいい

Ist noch ein rechter Rührnichtan.
Betracht's als förderlich, je mehr sie degourdiert wird.
Ist wie bei einem jungen ungerittenen Pferd.

まだ手付かずの　正真正銘の　生娘だ
口説かれれば　口説かれるほど　ためになる
まだ乗り回されてない　若駒ってところさ

Kommt all's dem Angetrauten letzterdings zugut,
wofern er sein eh'lich Privilegium
zu Nutz' zu machen weiß.

結局は すべてが 持ち主の ためになる
むろん 夫としての 特権を
ちゃんと 心得ていれば の話だが

Baron geht nach links. Der Diener, der den Notar einließ, hat indessen die Türe links geöffnet. Faninal und der Notar schicken sich an, hineinzugehen. Der Baron mißt Faninal mit dem Blick und bedeutet ihm, drei Schritte Distanz zu nehmen. Faninal tritt devot zurück. Der Baron nimmt den Vortritt, vergewissert sich, daß Faninal drei Schritte Abstand hat und geht gravitätisch durch die Tür links ab. Faninal hinter ihm, dann der Notar, dann der Schreiber. Der Bediente schließt die Tür links und geht ab, läßt aber die Flügeltüre nach dem Vorsaal offen. Der servierende Diener ist schon früher abgegangen.

Sophie rechts, steht verwirrt und beschämt. Duenna neben ihr, knickst nach der Türe hin, bis sie sich schließt

男爵は左手へ行く。その間，公証人を招き入れた召使いが，左手のドアを開いている。ファーニナルと公証人は，別室に入る準備をする。男爵はファーニナルに目で合図をし，三歩下がって距離をとれというそぶりをする。ファーニナルはかしこまって退く。男爵は先頭に立ち，ファーニナルがちゃんと三歩距離をとっているかどうか確認し，偉そうに左手ドアから退場する。その後ろからファーニナル，公証人，書記が続く。召使いが左手のドアを閉じて退場するが，玄関へ通じる中央の両開きの扉は開かれたままである。給仕していた召使いは，すでにそれ以前に退場している。

ゾフィーは右手に立っている。困惑し，恥じ入っている様子。その隣で，養育係のマリアンネは，ドアが閉じられるまで，そちらの方向に脚礼をしている。

OCTAVIAN
オクタヴィアン

(mit einem Blick hinter sich, gewiß zu sein, daß die anderen abgegangen sind, tritt er schnell zu Sophie hinüber, bebend vor Aufregung)
Wird Sie das Mannsbild da heiraten, ma cousine?

（後ろをちらっと見て，他の連中がいなくなったことを確かめると，ゾフィーのいる方へ駆け寄る。興奮で身を震わせながら）
あんな男と 結婚するの あなたが？

SOPHIE
ゾフィー

(einen Schritt auf ihn zu, leise)
Nicht um die Welt!
(mit einem Blick auf die Duenna)
Mein Gott, wär' ich allein mit Ihm,
daß ich Ihn bitten könnt'! daß ich Ihn bitten könnt'!

（一歩オクタヴィアンの方へ近づき，小声で）
絶対 いやよ！
（マリアンネをちらっと見て）
ああ あなたと 二人きりなら
あなたに お願いできるのに！ お願いできるのに！

OCTAVIAN オクタヴィアン	*(halblaut, schnell)* Was ist's, daß Sie mich bitten möcht'? Sag' sie mir's schnell!

（声を低くして，早口で）
何なの　お願いって？　言って　さあ早く！

SOPHIE ゾフィー	*(noch einen Schritt näher zu ihm)* O mein Gott, daß Er mir halt hilft! Und Er wird mir nicht helfen wollen, weil es halt sein Vetter ist.

（さらに一歩，オクタヴィアンに近づいて）
ああ　どうか　助けて！　でも　助けては　くださらないわ
だって　あなたは　彼の　いとこですもの

OCTAVIAN オクタヴィアン	*(heftig)* Nenn' ihn Vetter aus Höflichkeit; Gott sei Lob und Dank, hab' ihn im Leben vor dem gestrigen Tag nie gesehn!

（激しい口調で）
礼儀で　いとこ　呼んでいるだけです
さいわい　あんなやつ
昨日までは　会ったことさえ　ないんだ！

Quer durch den Vorsaal flüchten einige von den Mägden des Hauses, denen die Lerchenauschen Bedienten auf den Fersen sind. Der Leiblakai und der mit dem Pflaster auf der Nase jagen einem hübschen jungen Mädchen nach und bringen sie fast an der Schwelle zum Salon bedenklich in die Enge.

玄関のホールを横切って，ファーニナル家の女中たちの何人かが逃げてくる。レルヘナウのお供の者たちに，追いかけられてきたのである。側近の従僕と鼻に絆創膏を貼った男とが，ひとりの可愛い若い娘を追い回し，広間との境に追い詰めて逃げ場を奪う。

DER FANINALSCHE HAUSHOFMEISTER ファーニナル家の執事	*(kommt verstört hereingelaufen)* Die Lerchenau'schen sind voller Branntwein gesoffen und geh'n aufs Gesinde los zwanzigmal ärger als Türken und Croaten!

（大慌てで駆け込んできて）
レルヘナウの連中が　火酒に酔いつぶれて
女中たちを　追っかけ回してる　その狼藉ぶりときたら
トルコ人や　クロアチア人の　二十倍もひどい！

MARIANNE マリアンネ	Hol Er von unseren Leuten, wo sind denn die? *(Läuft ab mit dem Haushofmeister, sie entreißen den beiden Zudringlichen ihre Beute und führen das Mädchen ab; alles verliert sich, der Vorsaal bleibt leer.)*

うちの者たちを　呼んできて　どこにいるの？
（執事とともに走り去る。彼らは，二人のしつこい男たちから獲物を引き離し，女中を連れ去る。人々は去り，玄関ホールにはだれもいなくなる。）

	SOPHIE ゾフィー	*(nun, da sie unbeobachtet ist, mit freier Stimme)* Zu Ihm hätt' ich ein Zutraun, mon cousin, so wie zu niemand auf der Welt, daß Er mir könnte helfen, wenn Er nur den guten Willen hätt'!

（今やだれにも見られていないと知って，声を抑えずに）
あなたが　頼りです
頼れるのは　この世で　あなただけです
どうか　助けてください
もしあなたに　その気持ちが　おありなら！

OCTAVIAN
オクタヴィアン
Erst muß Sie sich selber helfen,
dann hilf ich Ihr auch.
Tu Sie das Erste für sich,
dann tu ich was für Sie!

まずきみが　自分で自分を　助けるんだ
それから　ぼくがきみを　助ける
まずは　きみから　始めて
つぎに　ぼくが　きみのために　何かする！

SOPHIE
ゾフィー
(zutraulich, fast zärtlich)
Was ist denn das, was ich zuerst muß tun?

（信頼を寄せて，ほとんど甘えるように）
何かしら　まず私が　しなくちゃいけないことって？

OCTAVIAN
オクタヴィアン
(leise)
Das wird Sie wohl wissen!

（小声で）
きみには　わかっているはずだよ！

SOPHIE
ゾフィー
(den Blick unverwandt auf ihn)
Und was ist das, was Er für mich will tun?
O sag' Er mir's!

（オクタヴィアンを見つめたまま）
そして　何なの　あなたが　私のために
してくださることって？
ねえ　おっしゃって！

OCTAVIAN
オクタヴィアン
(entschlossen)
Nun muß Sie ganz allein für uns zwei einsteh'n!

（きっぱりと）
ぼくたち　二人のためにこそ　何かするんです！

	SOPHIE ゾフィー	Wie? Für uns zwei? O sag' Er's noch einmal. えっ？　私たち　二人のために？ お願い　もう一度　おっしゃって！
	OCTAVIAN オクタヴィアン	*(leise)* Für uns zwei! (小声で) ぼくたち　二人のためです！
	SOPHIE ゾフィー	*(mit hingegebenem Entzücken)* Ich hab' im Leben so was Schönes nicht gehört! (身も心も奪われたように，うっとりと) こんな素敵な言葉　生まれて初めてよ！
	OCTAVIAN オクタヴィアン	*(stärker)* Für sich und mich muß Sie sich wehren und bleiben...... (声を強めて) きみとぼくのために　自分を守るんだ そして……
	SOPHIE ゾフィー	Bleiben? そして……？
	OCTAVIAN オクタヴィアン	......was Sie ist. 自分を　見失わないように　するんだ

(Sophie nimmt seine Hand, beugt sich darüber, küßt sie schnell, eher sie entziehen kann, er küßt sie auf den Mund)

(ゾフィーはオクタヴィアンの手をとり，かがみ込んで，彼が手を引っ込める暇も与えずに，すばやく彼の手にキスをする。オクタヴィアンは彼女の口にキスをする)

| | OCTAVIAN
オクタヴィアン | *(indem er sie, die sich an ihn schmiegt, in den Armen hält, zärtlich)*
Mit Ihren Augen voller Tränen
kommt Sie zu mir, damit Sie sich beklagt.
Vor Angst muß Sie an mich sich lehnen,
Ihr armes Herz ist ganz verzagt.
(もたれかかるゾフィーを両腕に抱きながら，やさしく)
きみは　目に涙を　いっぱいためて
ぼくのもとへ来て　嘆きを訴えた
不安のあまり　ぼくに身を寄せ
哀れな心は　すっかり　くじけている |

SOPHIE ゾフィー	Ich möchte mich bei Ihm verstecken und nichts mehr wissen von der Welt. Wenn Er mich so in Seinen Armen hält, kann mich nichts Häßliches erschrecken. Da bleiben möcht' ich, da!	

あなたのもとに　身を隠して
世の中のことを　みんな　忘れたい
あなたの腕に　抱かれていれば
いやなことは　何も起こらない
ずっと　そうしていたい！

Und schweigen, und was mir auch gescheh',
geborgen wie der Vogel in den Zweigen,
stillsteh'n und spüren: Er, Er ist in der Näh'!

何も言わず　たとえ　何が起ころうと
木の枝に　守られた　小鳥のように
静かに　感じていたいの　あなたを　身近に！

OCTAVIAN オクタヴィアン	Und ich muß jetzt als Ihren Freund mich zeigen und weiß noch gar nicht, wie!	

この人の　味方になって　あげよう
どうすれば　いいか　まだ　わからないけれど！

Mir ist so selig, so eigen,
daß ich dich halten darf:
Gib Antwort, aber gib sie nur mit Schweigen:
Bist du von selber so zu mir gekommen?
Ja oder Nein? Ja oder Nein?

すごく　幸せだ　なんとも言えない　気持ちだ
きみを　抱いていられると
答えてほしい　でも　無言のままで
きみは　自らすすんで　ぼくのところへ　来たの？
イエス？　それとも　ノー？

SOPHIE ゾフィー	Mir müßte angst und bang im Herzen sein, statt dessen fühl' ich nur Freud' und Seligkeit und keine Pein, ich könnt' es nicht mit Worten sagen!	

心は　不安と恐れで　いっぱいのはずなのに
感じるのは　喜びと　幸せだけ
苦しみは　何もない
この気持ちは　言葉では　言い表せない！

OCTAVIAN オクタヴィアン	Du mußt es nicht mit Worten sagen — Hast du es gern getan? Sag', oder nur aus Not?	

言葉で 言わなくても いいんだ
きみは 喜んで こうしたの？
それとも たんに 困り果てたから だったの？

SOPHIE ゾフィー	Hab' ich was Unrechtes getan? Ich war halt in der Not! Da war Er mir nah!	

私 何か いけないことを したかしら？
たしかに 私は 困り果てていた！
そのとき あの人が 近づいてきてくれた！

(Aus den geheimen Türen in den rückwärtigen Ecken gleiten links Valzacchi, rechts Annina lautlos spähend heraus.)

（後方の両隅にある隠し扉の，左のほうからヴァルツァッキが，右のほうからアンニーナが，あたりを窺いながら音もなく忍び込んでくる。）

OCTAVIAN オクタヴィアン	Nur aus Not so alles zu mir hergetragen, Dein Herz, Dein liebliches Gesicht? Sag', ist dir nicht, daß irgendwo in irgendeinem schönen Traum das einmal schon so war?	

しかたなく ぼくに まかせただけなの
きみの心と 愛らしい その顔を？
ねえ いつか どこかで
美しい夢の中でか こんなことが
あったような 気がしない？

SOPHIE ゾフィー	Da war es Sein Gesicht, Sein' Augen jung und licht, auf das ich mich gericht, Sein liebes Gesicht —	

そこに あなたの顔が
あなたの 若々しい 明るい眼があって
私は 心惹かれたの
あなたの やさしい顔に……

(Lautlos schleichen sie, langsam auf den Zehen näher.)
Und seitdem weiß ich halt nichts
nichts mehr von mir.

（二人のイタリア人が，音もなく，ゆっくりと忍び足で近づいてくる。）
それからは もう 何もわからない
どうなったのか まるで わからない

OCTAVIAN オクタヴィアン	Spürst du's wie ich? Sag': spürst du's so wie ich?	

    そんな感じが　しない？　ぼくと同じように？
    ねえ　そう感じない？　ぼくと同じように？

SOPHIE ゾフィー	Bleib' du nur bei mir, o bleib' bei mir. Er muß mir Seinen Schutz vergönnen, was Er will, werd' ich können: Bleib nur Er bei mir.

    ずっと　私のそばにいて　ずっと　私のそばに
    どうか　私を　守ってください
    あなたの　望むことなら　何でもできます
    お願い　私のそばにいて

(In diesem Augenblick sind die Italiener dicht hinter ihnen, sie ducken sich hinter den Lehnsesseln.)

（この瞬間，二人のイタリア人は彼らのすぐ後ろまで来て，肘かけ椅子の後ろで身をかがめている。）

OCTAVIAN オクタヴィアン	Mein Herz und Seel' wird bei Ihr bleiben, wo Sie geht und steht, bis in alle Ewigkeit.

    ぼくの心は　きみから離れやしない
    きみが　どこへ行こうと　どこにいようと
    いつまでも　離れはしない

SOPHIE ゾフィー	Er muß mir seinen Schutz vergönnen, was Er wird wollen, werd' ich können, bleib' Er nur, bleib' Er, bleib' Er nur bei mir.

    どうか　私を　守ってください
    あなたの　望むことなら　何でもできます
    お願い　私のそばにいて
    どうか　私のそばにいて

(Jetzt springen die beiden Italiener hervor, Annina packt Sophie, Valzacchi faßt Octavian.)

（このとき，二人のイタリア人が前に飛びだし，アンニーナがゾフィーを，ヴァルツァッキがオクタヴィアンをつかまえる。）

VALZACCHI UND ANNINA ヴァルツァッキと アンニーナ	*(schreiend)* Herr Baron von Lerchenau! — Herr Baron von Lerchenau! — *(Octavian springt zur Seite nach rechts)* （大声で叫ぶ） レルヘナウの男爵さま！ レルヘナウの男爵さま！ （オクタヴィアンは右側に飛びのく）
VALZACCHI ヴァルツァッキ	*(der Mühe hat, ihn zu halten, atemlos zu Annina)* Lauf und 'ol Seine Gnade! Snell, nur snell, ik muß' alten diese 'err! （オクタヴィアンを逃がすまいと、息を切らして、アンニーナに） おまえ 呼んでくるね 旦那様！ 早く さあ早く！ こいつ つかまえとく 必要アルね！
ANNINA アンニーナ	Laß ich die Fräulein aus, lauft sie mir weg! この娘 手ぇ離したら 逃げちまうよ！
VALZACCHI UND ANNINA ヴァルツァッキと アンニーナ	Herr Baron von Lerchenau, Herr Baron von Lerchenau! レルヘナウの男爵さま！ レルヘナウの男爵さま！
VALZACCHI ヴァルツァッキ	Komm, zu seh'n die Fräulein Braut! Mit eine junge Kavalier! さあ 来て 見るね 花嫁さんを！ 若い 騎士さんと 一緒 アルよ
VALZACCHI UND ANNINA ヴァルツァッキと アンニーナ	Kommen eilig, kommen hier! Ecco! 早く 来て こっち 来て！ ここだよ！ ここ

Der Baron tritt aus der Tür links. Die Italiener lassen Ihre Opfer los, springen zur Seite, verneigen sich vor dem Baron mit vielsagender Gebärde.
Sophie schmiegt sich ängstlich an Octavian.

男爵が左手のドアから現れる。イタリア人たちは捕らえた二人を手放し、脇へ飛びのき、男爵の前でお辞儀をしながら、身振りで説明をする。
ゾフィーは不安そうに、オクタヴィアンに身を寄せかける。

BARON 男爵	*(die Arme über die Brust gekreuzt, betrachtet sich die Gruppe. Unheilschwangere Pause.)* Eh bien, Mamsell, was hat Sie mir zu sagen? *(Sophie schweigt)* （胸の上で腕を組み、四人をじっくり観察する。不吉な予感をはらんだ間。） ほう なるほど お嬢さん 何か言うことは？ （ゾフィー、黙っている）

	(der durchaus nicht außer Fassung ist)
	Nun, resolvier' Sie sich!

（取り乱した様子など，まるでなく）
さあ　説明して　もらおうか！

SOPHIE ゾフィー	Mein Gott, was soll ich sagen: Er wird mich nicht versteh'n!

ああ　なんて言えば　いいの？
何を　言っても　わかっては　もらえない！

BARON 男爵	*(gemütlich)* Das werden wir ja seh'n!

（悦に入って）
どういう　ことなのかね！

OCTAVIAN オクタヴィアン	*(einen Schritt auf den Baron zu)* Euer Liebden muß ich halt vermelden, daß sich in Seiner Angelegenheit was Wichtiges verändert hat!

（一歩男爵の方に進み出て）
あなたに　申し上げなくては　なりません
あなたをめぐる　ことがらで
重大な変化が　起きたのです！

BARON 男爵	*(gemütlich)* Verändert? Ei, nicht daß ich wüßt'!

（余裕たっぷりに）
変化だって？　ほう　そりゃ　面白い！

OCTAVIAN オクタヴィアン	Darum soll Er es jetzt erfahren! Die Fräulein —

ですから　あなたに　知っていただきたい！
この人は……

BARON 男爵	Ei, Er ist nicht faul! Er weiß zu profitieren, mit Seine siebzehn Jahr! Ich muß ihm gratulieren!

ほう　なかなか　やるじゃないか！　隅に置けんな
十七かそこいらで！　恐れ入るね！

OCTAVIAN オクタヴィアン	Die Fräulein —

この人は……

BARON 男爵		Ist mir ordentlich, ich seh' mich selber! Muß lachen über den Filou, den pudeljungen.

たいしたもんだ　昔のわしのようだ！
笑えるね　この青二才の　若僧めが

OCTAVIAN オクタヴィアン		Die Fräulein —

この人は……

BARON 男爵		Ei! Sie ist wohl stumm und hat Ihn angestellt für Ihren Advokaten!

ほう　お嬢さんは　口もきけずに　あんたを
弁護士に雇った　ってわけか！

OCTAVIAN オクタヴィアン		Die Fräulein — *(er hält abermals inne, wie um Sophie sprechen zu lassen)*

この人は……
（またしても途中で口ごもり，ゾフィーに話させようとするような様子）

SOPHIE ゾフィー		*(angstvoll)* Nein! Nein! Ich bring' den Mund nicht auf. Sprech' Er für mich!

（不安そうに）
いや！　いや！　私は　話せないわ
あなたから　話してちょうだい！

OCTAVIAN オクタヴィアン		*(entschlossen)* Die Fräulein —

（決然と）
この人は……

BARON 男爵		*(ihm nachspotternd)* Die Fräulein, die Fräulein! Die Fräulein! Die Fräulein! Ist eine Kreuzerkomödi wahrhaftig! Jetzt echappier' Er sich, sonst reißt mir die Geduld.

（オクタヴィアンの口真似をして，からかうように）
この人は　この人は！　この人は！　この人は！
まるで　猿芝居だ！
おまえは　とっとと　消え失せろ
でないと　もう　我慢ならん

OCTAVIAN オクタヴィアン	*(sehr bestimmt)* Die Fräulein, kurz und gut, die Fräulein mag ihn nicht.	

（ひじょうにきっぱりと）
この人は　要するに
あなたを　嫌っています

BARON 男爵	*(gemütlich)* Sei Er da außer Sorg'. Wird schon lernen mich mögen.	

（悠々と）
心配は　いらんさ　必ず　好きになる

(auf Sophie zu)
Komm' Sie da jetzt hinein, wird gleich an Ihrer sein, die Unterschrift zu geben.

（ゾフィーの方へ来て）
さあ　中へ行こう　もうじきあんたに　署名してもらわにゃ

SOPHIE ゾフィー	*(zurücktretend)* Um keinen Preis geh' ich an seiner Hand hinein. Wie kann ein Kavalier so ohne Zartheit sein!	

（身を引いて）
絶対に　一緒には　行きません
なんて無礼な　それでも　紳士のつもり？

OCTAVIAN オクタヴィアン	*(der jetzt zwischen den beiden anderen und der Tür links steht, sehr scharf)* Versteht Er Deutsch? Die Fräulein hat sich resolviert. Sie will Euer Gnaden ungeheirat' lassen in Zeit und Ewigkeit!	

（二人と左手のドアとの間に立ち，ひじょうに鋭い口調で）
わからないのか？　この人は　心を決めたんだ
あなたと　結婚する　気はない
金輪際　ないのさ！

BARON 男爵	*(mit der Miene eines Mannes, der es eilig hat)* Mancari! Jungfernred' ist nicht gehau'n und nicht gestochen! Verlaub Sie jetzt! *(nimmt sie bei der Hand)*	

（急ぎの用事があるようなそぶりで）
くだらん！　若い娘のたわ言なんぞ
いちいち　聞いてられるか！
さあ　おいで！
（ゾフィーの手を取る）

OCTAVIAN オクタヴィアン		*(sich breit vor die Tür stellend)* Wenn nur so viel in Ihm ist von einem Kavalier, so wird Ihm wohl genügen, was er g'hört hat von mir!

(ドアの前に大きく立ちはだかって)

あなたに 少しでも

紳士の誇りが あるのなら

じゅうぶん わかるだろう

さっき 私の 言ったことが！

BARON　*(tut, als hörte er ihn nicht, zu Sophie)*
男爵　Gratulier' Sie sich nur, daß ich ein Aug' zudrück'!
　　　Daran mag Sie erkennen, was ein Kavalier ist!
　　　(Er macht Miene, mit ihr an Octavian vorbeizukommen.)

(聞こえないふりをして，ゾフィーに)

ありがたく 思えよ 目をつぶって やるんだから！

これこそ 紳士ってもんさ！

(ゾフィーと一緒に，オクタヴィアンのそばを通り過ぎようとする身振り。)

OCTAVIAN　*(schlägt an seinen Degen)*
オクタヴィアン　Wird doch wohl ein Mittel geben,
　　　　　　　seines gleichen zu bedeuten!

(腰に付けた剣をガチャンと鳴らして)

これを 使わないと わからないのか

あなたという人は！

BARON　*(Er läßt Sophie nicht los und schiebt sie gegen die Tür vor.)*
男爵　Ei schwerlich, wüßte nicht!

(ゾフィーを離そうとせず，ドアの方へ無理やり押して行く。)

ふん 知ったことか！

OCTAVIAN　*(losbrechend)*
オクタヴィアン　Ich acht' Ihn mit nichten
　　　　　　　für einen Kavalier!

(激しい口調で罵る)

あなたは 紳士とは

ほど遠い 人だ！

BARON 男爵		*(mit Grandezza)* Wahrhaftig wüßt' ich nicht, daß Er mich respektiert, und wär' Er nicht verwandt, es wär' mir jetzo schwer, daß ich mit ihm nicht übereinander käm'!

（尊大な態度で）
まったくもって こりゃあ とんだ ご挨拶だ
親戚でなかったら 我慢できずに
痛い目に 会わせてやる ところだ！

(Er macht Miene, Sophie mit scheinbarer Unbefangenheit gegen die Mitteltür zu führen, nachdem ihm die Italiener lebhafte Zeichen gegeben haben, diesen Weg zu nehmen.)

（男爵は，何気なくという様子を装って，ゾフィーを中央の扉のほうへ連れてゆこうとする。イタリア人たちが，そっちへ行けとしきりに合図をしたからである。）

Komm' Sie! Gehn zum Herrn Vater dort hinüber!
Ist bereits der nähere Weg!

さあ おいで！ あちらで 父上が お待ちだ！
こちらの方が 近道だ！

OCTAVIAN オクタヴィアン	Ich hoff', er kommt vielmehr jetzt mit mir hinter's Haus, ist dort recht ein bequemer Garten.

それより 今すぐ 私と一緒に 家の裏手に 出たまえ
ちょうど おあつらえ向きの 庭がある

BARON 男爵	*(setzt seinen Weg fort, mit gespielter Unbefangenheit Sophie an der Hand nach jener Richtung zu führen bestrebt) (über die Schulter zurück)* Bewahre. Wär' mir jetzo nicht genehm. Laß um all's den Notari nicht warten. Wär' gar ein Affront für die Jungfer Braut!

（進む方向を変えず，さもさりげない素振りでゾフィーの手を取り，目指す方向に連れて行こうとする）（振り向いて，肩越しに）
あいにくだが 今は 都合が悪い
公証人を 待たせるわけには いかんからな
そんなことをしたら 花嫁どのに 失礼だ！

OCTAVIAN オクタヴィアン	*(faßt ihn am Ärmel)* Beim Satan, Er hat eine dicke Haut! Auch dort die Tür passiert Er mir nicht!

（男爵の袖をつかんで）
まったく なんて 厚かましいんだ！
そちらのドアも 通してたまるか！

Ich schrei's Ihm jetzt in Sein Gesicht:
ich acht' Ihn für einen Filou,
einen Mitgiftjäger,
einen durchtriebenen Lügner und schmutzigen Bauer,
einen Kerl ohne Anstand und Ehr'!
Und wenn's sein muß, geb' ich ihm auf dem Fleck die Lehr'!

　　はっきり　言ってやろう
　　あなたは　ちんぴらだ
　　持参金目当ての　くず野郎だ
　　ずる賢い嘘つきで　汚らしい百姓だ
　　礼儀も　名誉も知らない　ろくでなしだ！
　　なんなら　今すぐ　思い知らせてやるぞ！

(Sophie hat sich vom Baron losgerissen und ist hinter Octavian zurückgesprungen. Sie stehen links, ziemlich vor der Tür.)

　　（ゾフィーは男爵から身をふりほどき，オクタヴィアンの後ろへ逃げ込んでいる。
　　二人は左手のドアのかなり前の方に立っている。）

BARON　*(steckt zwei Finger in den Mund und tut einen gellenden Pfiff.)*
男爵　Was so ein Bub' in Wien mit siebzehn Jahr
　　schon für ein vorlaut Mundwerk hat!
　　(Er sieht sich nach der Mittltür um.)

　　（指を二本，口に入れて，けたたましい口笛を鳴らす。）
　　恐れ入ったね　ウィーンじゃ　十七歳の坊やが
　　生意気な　大人の口を　きくじゃないか！
　　（中央の扉の方を振り返る。）

Doch Gott sei Lob, man kennt in hiesiger Stadt
den Mann, der vor Ihm steht,
halt bis hinauf zu kaiserlicher Majestät!

　　だがな　幸い　この町じゃ
　　このわしのことは　みんな知ってる
　　上は　陛下に　至るまでだ！

(Die Lerchenausche Livree ist vollzählig in der Mitteltür aufmarschiert; er vergewissert sich dessen durch einen Blick nach rückwärts.)

　　（オックス男爵のお供の者たちが，勢揃いして中央扉のところに押しかけてきている。男爵はちらっと後ろを振り返って，それを確認する。）

Man ist halt, was man ist, und braucht's nicht zu beweisen.
Das laß Er sich gesagt sein und geb' mir den Weg da frei.

　　身分が高いということだ　説明するまでもない
　　わかったか　さあ　道をあけろ

(Der Baron rückt jetzt gegen Sophie und Octavian vor, entschlossen, sich Sophiens und des Ausgangs zu bemächtigen.)
Wär' mir wahrhaftig leid, wenn meine Leut' da hinten —

(男爵はゾフィーとオクタヴィアンに向かって進み出る。なんとしてでもゾフィーを連れ出そうと心に決めた様子。)
さもないと　後ろにいる　わしの若い者たちが……

OCTAVIAN
オクタヴィアン

(wütend)
Ah, untersteh' Er sich, Seine Bedienten
hineinzumischen in unsern Streit!
Jetzt zieh' Er oder gnad' Ihm Gott!
(er zieht)

(憤然と)
えい　卑怯者め　家来たちに
加勢してもらおうって　魂胆だな！
さあ　剣を抜け！　覚悟しろ！
(剣を抜く)

(Die Lerchenauschen, die schon einige Schritte vorgerückt waren, werden durch diesen Anblick einigermaßen unschlüssig und stellen ihren Vormarsch ein.)
(Der Baron tut einen Schritt, sich Sophiens zu bemächtigen)

(男爵のお供の者たちは、すでに数歩、前方へ出てきていたが、この光景にいくらかたじろぎ、前進の歩みをとめる。)
(男爵はゾフィーを逃すまいと、一歩踏み出す)

SOPHIE
ゾフィー

O Gott, was wird denn jetzt gescheh'n?
ああ　いったい　何が　起こるのかしら？

OCTAVIAN
オクタヴィアン

(schreit ihn an)
Zum Satan, zieh' Er oder ich stech' Ihn nieder!
(男爵に向かって叫ぶ)
こいつめ　剣を抜け！　さもないと　痛い目に遭うぞ！

BARON
男爵

(retiriert etwas)
Vor einer Dame, pfui! So sei Er doch gescheit!
(少し引き下がって)
婦人の前で　ふん！　少しは　わきまえたら　どうだ！

(Octavian fährt wütend auf ihn los. Baron zieht, fällt ungeschickt aus und hat schon die Spitze von Octavians Degen im Oberarm.)
(Die Lerchenauschen stürzen vor.)

(オクタヴィアンは怒りに燃えて男爵に突進する。男爵は剣を抜くが、ぶざまに突きかかり、早くもオクタヴィアンの剣の切っ先を、上腕部に受けてしまう。)
(男爵のお供の者たちが前方へとび出す。)

第 2 幕

Die Diener stürzen alle zugleich auf Octavian los. Dieser springt nach rechts hinüber und hält sie sich vom Leib, indem er seinen Degen blitzschnell um sich kreisen läßt. Der Almosenier, Valzacchi und Annina eilen auf den Baron zu, den sie stützen und auf einem der Stühle in der Mitte niederlassen.

男爵の召使いたちは、一斉にオクタヴィアンめがけて殺到する。オクタヴィアンは右手の方に跳びのき、剣を目にもとまらぬ速さで振り回し、彼らを寄せ付けない。布教師とヴァルツァッキ、それにアンニーナは、男爵のところへ走り寄り、彼を支え、舞台中央にある椅子のひとつに座らせる。

BARON (*läßt den Degen fallen*)
男爵 Mord! Mord! Mein Blut! Zu Hilfe! Mörder!
Mörder! (*brüllend*) Mörder!

（剣を落として）
人殺し！ 人殺し！ 血だ！ 助けてくれ！ 人殺しだ！
人殺しだ！ （わめき声で）人殺しだ！

BARON (*von den Italienern und seinen Dienern umgeben und dem Publikum verstellt*)
男爵 Ich hab' ein hitzig' Blut! Um Ärzt'! Um Leinwand!
Verband her! Um Polizei! Um Polizei!
Ich verblut' mich auf eins, zwei, drei!
Aufhalten den! Um Polizei! Um Polizei!

（イタリア人たちと彼の召使いたちに囲まれ、観客からは見えない状態で）
わしの 熱い血が！ 医者だ！ 布切れだ！
包帯を持ってこい！ 警察を呼べ！ 警察だ！
出血して 死んじまう 三つ数えるうちに 死んじまう！
奴を 取り押さえろ！ 警察を呼べ！ 警察だ！

DIE LERCHENAUSCHEN (*indem sie mit mehr Ostentation als Entschlossenheit auf Octavian eindringen*)
男爵のお供の者たち Den haut's z'samm! Den haut's z'samm!
Spinnweb' her! Feuerschwamm!
Reißt's ihm den Spadi weg!
Schlagt's ihn tot auf'm Fleck!

（決然と、というよりは、むしろ見せかけでオクタヴィアンに迫りながら）
こいつを やっつけろ！ こいつを！
網布を 持ってこい！ 血止めを！
剣を 奪い取れ！
この場で 叩き殺してしまえ！

(*Die sämtliche Faninalsche Dienerschaft, auch das weibliche Hausgesinde, Küchenpersonal, Stallpagen sind zur Mitteltür hereingeströmt*)

（ファーニナル家の召使いたちが全員、女中、料理人、馬丁たちまで、中央扉からなだれ込んでくる）

ANNINA アンニーナ	*(auf die Dienerschaft zu, harangierend)* Der junge Kavalier und die Fräulein Braut, versteht's? waren im Geheimen schon recht vertraut, versteht's?

(召使いたちの方へ行き, 熱弁をふるう)

若い騎士と
花嫁さんが——いいこと？
人目　しのんで
いちゃついて——いいこと？

(Valzacchi und der Almosenier ziehen dem Baron, der fortwährend stöhnt, seinen Rock aus.)

(ヴァルツァッキと布教師が男爵の上着を脱がせる。男爵はうめき続けている。)

DIE FANINALISCHE DIENERSCHAFT ファーニナル家の 召使いたち	G'stochen is einer? Wer? Der dort? Der fremde Herr? Welcher? Der Bräutigam? Packt's den Duellanten z'samm!

　　刺されたのか？　誰が？
　　そこの人？　あのお客さん？
　　どちらの？　花婿が？
　　仕掛けた奴を　捕まえるんだ！

Welcher is der Duellant?
Der dort im weißen G'wand!

　　どちらの　奴だ？
　　白い服を　着ているほうだ！

Wer? Der Rosenkavalier?
Wegen was denn? Wegen ihr!
Wegen der Braut?
Wegen der Liebschaft!

　　えっ？　ばらの騎士か？
　　原因はなんだ？　お嬢様のことで？
　　花嫁のことで？
　　色恋の　争いだ！

Angepackt! Niederg'haut!
Wütender Haß is!

　　捕まえるんだ！　殴り倒せ！
　　すさまじい　憎み合いだ！

Schaut's nur die Fräulein an,
schaut's, wie sie blaß is'!
G'stochen der Bräutigam!

お嬢様を　見てみろ
顔が　真っ青だ！
花婿さんが　刺された！

SOPHIE *(links vorn)*
ゾフィー
Alles geht durcheinand'!
Furchtbar war's, wie ein Blitz,
wie er's erzwungen hat!

（左手前方で）
何がなんだか　わからない！
怖いわ！　まるで　稲妻のように
あの人は　剣を振るった！

OCTAVIAN *(indem er sich seine Angreifer vom Leibe hält)*
オクタヴィアン
Wer mir zu nah kommt,
der lernt beten!
Was da passiert ist,
kann ich vertreten!

（自分に迫る者たちを追い払いながら）
近づく奴は
お陀仏だぞ！
事の次第は
説明してやる！

SOPHIE
ゾフィー
Ich spür' nur seine Hand,
ich verspür' nur seine Hand,
die mich umschlungen hat!

あの方の　手を　感ずるわ
あの方の　手だけを
私を　抱きしめた　あの手！

Ich verspür' nichts von Angst,
ich verspür' nichts von Schmerz,
nur das Feuer, seinen Blick
durch und durch, bis ins Herz!

なんの不安も　感じない
なんの苦痛も　感じない
感ずるのは　ただ　炎のように燃える
あの方の目　心の奥深くまで

DIE LERCHENAUSCHEN 男爵のお供の者たち	*(haben von Octavian abgelassen und gehen auf die ihnen zunächst stehenden Magde handgreiflich los)* Leinwand her! Verband machen! Fetzen aus'n Gewand machen! Vorwärts, keine Spanponaden! Leinwand her für Seine Gnaden!

（オクタヴィアンに迫るのをやめ，彼らの間近にいる女中たちに食ってかかる）

布きれを　持ってこい！　包帯をしろ！
服の布を　引きちぎれ！
さあ　早く　ぐずぐずするな！
ご主人様の　包帯だ！

BARON 男爵	Ich kann ein jedes Blut mit Ruhe fließen sehen, nur bloß das meinig' nicht!

血を見るのは　なんでもないが
自分の　血だけは　別だ！

MARIANNE マリアンネ	*(bahnt sich den Weg, auf den Baron zu; alle umgeben den Baron in dichten Gruppen.)* So ein fescher Herr! So ein groß Malheur! So ein schwerer Schlag! So ein Unglückstag!

（人垣をかきわけ，男爵のほうへ行く。皆が男爵のまわりをぎっしりと取り囲んでいる。）

粋なお方が　とんだ災難に！
ひどい　お怪我！　なんて　ひどい目に！

SOPHIE ゾフィー	*(Octavian verzweifelt zurufend)* Liebster!

（必死にオクタヴィアンに呼びかける）

あなた！

OCTAVIAN オクタヴィアン	*(Sophie verzweifelt zurufend)* Liebste!

（必死にゾフィーに呼びかける）

きみ！

(Faninal kommt zur Türe links hereingestürzt, hinter ihm der Notar und der Schreiber, die in der Tür ängstlich stehen bleiben.)

（ファーニナルが左手のドアから駆け込んでくる。後ろには公証人と書記。彼ら二人はドアのところで心配そうに立ったままでいる。）

ANNINA
アンニーナ

(links vorn, knicksend und eifrig zu Faninal herüber)
Der junge Kavalier
und die Fräulein Braut, Gnaden,
waren im Geheimen
schon recht vertraut, Gnaden!

(左手前方で脚礼をし、ファーニナルに向かい躍起になって)
この　若い騎士と
花嫁さんが　そうです
人目　しのんで
いちゃついて　そうなんです！

Wir voller Eifer
für'n Herrn Baron, Gnaden,
haben sie betreten
in aller Devotion, Gnaden!

私ら　一生懸命
男爵様のために　そうです
二人を　捕まえましたんで
ございます　旦那さま！

(Die Lerchenauschen machen Miene, sich der Hemden der jüngeren und hübscheren Mägde zu bemächtigen. Handgemenge, bis Faninal beginnt.)

(男爵のお供の者たちが、比較的若くて可愛らしい女中たちの衣服を引きちぎろうとする素振りをする。ファーニナルが語り始めるまで、粗暴な振る舞いが続く。)

BARON
男爵

Oh! Oh! Oh! Oh!
(die Marianne anschreiend)
So tu Sie doch was Gescheidt's, so rett' Sie doch mein Leben!

ああ！　あうっ！　おう！　おうっ！
(マリアンネに向かって叫ぶ)
どうにか　してくれ！　わしの命を　救ってくれ！

Die Duenna stürzt fort und kommt nach kurzer Zeit atemlos zurück, beladen mit Leinwand; hinter ihr zwei Mägde mit Schwamm und Wasserbecken. Sie umgeben den Baron mit eifriger Hilfeleistung.

Sophie ist, wie sie ihres Vaters ansichtig wird, nach rechts vorne hingelaufen, steht neben Octavian, der nun seinen Degen einsteckt.

マリアンネが大急ぎで出て行き、しばらくしてから息を切らして戻ってくる。手にはたくさんの布きれ。彼女の後ろには、海綿とたらいを持った二人の女中。三人は男爵をとり囲み、懸命に傷の手当てをする。

ゾフィーは、父親の姿を見ると、右手前方に走って行き、いまや剣を鞘におさめたオクタヴィアンの横に立つ。

FANINAL ファーニナル	*(anfangs sprachlos, schlägt nun die Hände überm Kopf zusammen und bricht aus)* Herr Schwiegersohn! Wie ist Ihm denn? mein Herr und Heiland! Daß Ihm in mein' Palais das hat passieren müssen!	

(初めのうちは言葉もないが,やがて両手で頭を抱えながら,堰を切ったように大声で)

婿どの! いったい どうなされました?
ああ なんてことだ!
私の邸宅で こんなことが 起こるとは!

Gelaufen um den Medikus! Geflogen!
Meine zehn teuren Pferd' zu Tod gehetzt!

医者を 呼ぶのだ! 早く!
上等の馬十頭を 全力疾走させて行け!

Ja, hat denn niemand von meiner Livree
dazwischen fahren mögen! Füttr' ich dafür
ein Schock baumlanger Lackeln, daß mir solche Schand'
passieren muß in meinem neuchen Stadtpalais!

召使いたちで 押しとどめた者は
ひとりも いなかったのか? 役立たずの
でくの坊ばかりだ こんな恥さらしのことが
新しい邸宅で 起こるとは!

(gegen Octavian hin mit unterdrücktem Zorn)
Hätt' wohl von Euer Liebden eines andern Anstands mich versehn!

(オクタヴィアンに向かい,怒りを抑えながら)
とんだ 礼儀作法を お示し くださいましたな!

BARON 男爵	*(stöhnend)* Oh! Oh! Oh! Oh!	

(うめきながら)
ああ! あうっ! おう! おうっ!

FANINAL ファーニナル	*(zum Baron hin)* Oh! um das schöne freiherrliche Blut, was auf den Boden rinnt! *(gegen Octavian hin)* O pfui! So eine ordinäre Metzgerei!	

(男爵に向かって)
ああ! 尊い男爵様の血が こんなに 床に流れて!
(オクタヴィアンに向かって)
ああ なんてこった! 屠殺場でも あるまいに!

BARON 男爵		Hab' halt so ein jung' und hitzig' Blut, ist nicht zum Stillen! Oh!

わしの血は　若くて　熱い
止まらないぞ！　おうっ！

FANINAL　*(auf Octavian losgehend, verbissen)*
ファーニナル　War mir von Euer Liebden hochgräfliche Gegenwart allhier
wahrhaftig einer anderen Freud' gewärtig!

（オクタヴィアンに向かって突き進み、歯ぎしりして）
伯爵様の　ありがたき　ご来訪で　こんなことに
なろうとは　夢にも　思っておりませんでしたぞ！

OCTAVIAN　*(höflich)*
オクタヴィアン　Er muß mich pardonieren.
Bin außer Maßen sehr betrübt über den Vorfall.
Bin aber außer Schuld. Zu einer mehr gelegenen Zeit
erfahren Euer Liebden wohl den Hergang
aus Ihrer Fräulein Tochter Mund.

（ていねいに）
お詫びいたします
まことに　残念です　こんなことになって
しかし　私のせいでは　ありません　いずれ　のちほど
ことの次第を　お嬢様から
じかに　お聞きになるでしょう

FANINAL　*(sich mühsam beherrschend)*
ファーニナル　Da möcht' ich recht sehr bitten!

（怒りをなんとか抑えながら）
ぜひ　そう　願いたいですな！

SOPHIE　*(entschlossen)*
ゾフィー　Wie Sie befehlen, Vater. Werd' Ihnen alles sagen.
Der Herr dort hat sich nicht so, wie er sollt, betragen.

（決然とした態度で）
いいですわ　お父様　みんな　話します
そこにいる方が　ひどいことを　したんです

FANINAL　*(zornig)*
ファーニナル　Ei, von wem red't Sie da? Von Ihrem Herrn Zukünft'gen?
Ich will nicht hoffen, wär' mir keine Manier.

（怒って）
何？　誰のことを　言ってるんだ？　婿殿のことか？
とんでもないことだ　礼儀知らずにも　ほどがある

SOPHIE ゾフィー	*(ruhig)* Ist nicht der Fall. Seh' ihn mit nichten an dafür.	

(落ち着いたようすで)
違います　私　あの人を　お婿様とは　思ってません

FANINAL ファーニナル	*(immer zorniger)* Sieht ihn nicht an?	

(怒りをつのらせながら)
婿と思わない　だと？

SOPHIE ゾフィー	Nicht mehr. Bitt' Sie dafür um gnädigen Pardon.	

ええ　思いません　お願いです　どうか　許して！

FANINAL ファーニナル	*(zuerst dumpf vor sich hin)* Sieht ihn nicht an. Nicht mehr. Mich um Pardon. Liegt dort gestochen.	

(はじめのうちは低い声でつぶやく)
婿と思わない　もう思わないだと？　許せだと？
婿殿は　刺されて　倒れている

(höhnisch)
Steht bei ihr. Der Junge.

(憎らしげに)
娘の横に　立っているのは　あの若僧だ

(ausbrechend)
Blamage. Mir auseinander meine Eh'.
Alle Neidhammeln von der Wieden
(allmählich in immer größerer Wut)
und der Leimgruben auf! In der Höh!

(怒りのあまり怒鳴りちらす)
恥さらしだ　せっかくの結婚が　ぶち壊しだ
ヴィーデンや　ライムグルーベの
(ますます怒りをつのらせながら)
やき餅焼きどもが　大喜びだ！

Der Medikus! Stirbt mir womöglich.
(Auf Sophie zu in höchster Wut.)
Sie heirat' ihn!

医者だ！　死んだら　どうする！
(ゾフィーに向かって，怒りが頂点に達する。)
あの方と　結婚するんだ！

(Der Arzt tritt ein und begibt sich sofort zum Baron, um ihn zu verbinden.)
(医者が入ってくる。すぐに男爵のところへ行き，包帯を巻く。)

第 2 幕

FANINAL
ファーニナル

(Auf Octavian zu, indem der Respekt vor dem Grafen Rofrano seine Grobheit zu einer knirschenden Höflichkeit herabdämpft.)
Möcht' Euer Liebden recht in aller Devotion
gebeten haben, schleunig sich von hier zu retirieren
und nimmer wieder zu erscheinen!

（オクタヴィアンに向かって言う。伯爵の身分への敬意から，激しい怒りも，押さえつけたようなぎこちない慇懃さに薄められる。）
お願い申し上げたいですな　どうか
ただちに　お引き取り　願いたい
そして　二度と　おいでくださらぬよう！

(Zu Sophie.)
Hör' Sie mich!
Sie heirat' ihn! Und wenn er sich verbluten tät'
so heirat' Sie ihn als Toter!

（ゾフィーに）
いいか　よく聞け！
あの方と　結婚しろ！　たとえ　あの方が
出血死　されたとしても　結婚するんだ！

Der Arzt zeigt durch eine beruhigende Gebärde, daß der Verwundete sich in keiner Gefahr befindet. Faninal macht Octavian eine Verbeugung, übertrieben höflich, aber unzweideutig. Octavian muß wohl gehen, möchte aber gar zu gern Sophie noch ein Wort sagen. Er erwidert zunächst Faninals Verbeugung durch ein gleich tiefes Kompliment. Octavian sucht nach seinem Hut, der unter die Füße der Dienerschaft geraten war. Eine Magd überreicht ihm knicksend den Hut.

医者がみなを安心させようとする身振りで，怪我人に生命の危険はないと教える。ファーニナルはオクタヴィアンに過度に丁重なお辞儀をするが，その意味するところは明白である。オクタヴィアンは立ち去らざるを得ないが，ゾフィーにぜひもう一言話したいと思っている。彼はまずファーニナルのお辞儀に対して，同様の丁重さで答礼する。オクタヴィアンは自分の帽子を探すが，それは召使いたちに踏みつけにされていた。女中のひとりが，膝礼をしてその帽子をオクタヴィアンに手渡す。

SOPHIE
ゾフィー

(beeilt sich das Folgende noch zu sagen, so lange Octavian es hören kann.)
Heirat' den Herrn dort nicht lebendig und nicht tot!
Sperr' mich zuvor in meine Kammer ein!

（オクタヴィアンが聞けるうちにと，急いで次の言葉を言う。）
あの方とは　結婚しません　生きても　死んでも　いや！
部屋に閉じこもって　鍵をかけます！

FANINAL ファーニナル	*(Zweite und dritte Verbeugung des wütenden Faninal, die Octavian prompt erwidert)* Ah! Sperrst dich ein. Sind Leut' genug im Haus, die dich in Wagen tragen werden.	

(憤慨しながら、オクタヴィアンに二度目、三度目のお辞儀をする。オクタヴィアンも即座に答礼する)

へっ！ 閉じこもるがいい　人手は　いくらもある
馬車に　押し込んでやるから

SOPHIE ゾフィー	Spring' aus dem Wagen noch, der mich zur Kirche fährt!

飛び降りて　やるわ　教会に　着く前に！

FANINAL ファーニナル	*(mit dem gleichen Spiel zwischen ihm und Octavian, der immer einen Schritt gegen den Ausgang tut, aber von Sophie in diesem Augenblick nicht los kann.)* Ah! Springst noch aus dem Wagen? Na, ich sitz' neben dir, werd' dich schon halten!

(ファーニナルとオクタヴィアンの間には、前と同様の仕草が繰り返されている。オクタヴィアンはそのたびに、一歩ずつ出口の方へ進むが、こんな重大なときにゾフィーから離れるわけにもいかない。)

へっ！ 馬車から　飛び降りるだと？　ならば　わしが
隣りに座って　押さえつけていてやる！

SOPHIE ゾフィー	Geb' halt dem Pfarrer am Altar Nein anstatt Ja zur Antwort!

祭壇の前で　神父さまに
「はい」の代わりに「いいえ」って言うわ！

(Der Haushofmeister indessen macht die Leute abtreten. Die Bühne leert sich. Nur die Lerchenauschen Leute bleiben bei ihrem Herrn zurück.)

(その間に、執事が召使いたちを下がらせる。舞台上の人の数が減る。オックス男爵のお供の者たちだけが、彼らの主人の後ろに居残る。)

FANINAL ファーニナル	*(mit dem gleichen Spiel)* Ah! Gibst Nein statt Ja zur Antwort. Ich steck' dich in ein Kloster Stante Pede! Marsch! Mir aus meinen Augen! Lieber heut als morgen! Auf Lebenszeit!

(同じ仕草をしながら)

へっ！「いいえ」と　答えるだと？
ならば　修道院に　入れてやる　即座にだ！
出て行け！ わしの前から　消え失せろ！ あすと言わず
今日のうちにだ！
二度と　戻るな！

SOPHIE ゾフィー		Ich bitt' Sie um Pardon! Bin doch kein schlechtes Kind! Vergeben Sie mir nur dies eine Mal! どうか 許して！ 私 けっして 悪い子じゃない！ 今回だけは どうか 許して！
FANINAL ファーニナル		*(hält sich in Wut die Ohren zu)* Auf Lebenszeit! Auf Lebenszeit! （憤慨し，両耳をふさいで） 二度と 戻るな！二度と 戻るな！
OCTAVIAN オクタヴィアン		*(schnell, halblaut)* Sei Sie nur ruhig, Liebste, um Alles! Sie hört von mir! *(Duenna stößt Octavian, sich zu entfernen.)* （早口で，声を低くして） 心配しないで ねえ お願いだ！ あとで 知らせるから！ （マリアンネがオクタヴィアンを押しやり，立ち去らせる。）
FANINAL ファーニナル		Auf Lebenszeit! 二度と 戻るな！
MARIANNE マリアンネ		*(zieht Sophie mit sich nach rechts)* So geh' doch nur dem Vater aus den Augen! *(Zieht sie zur Türe rechts hinaus, schließt die Tür.)* （ゾフィーを引き寄せ，右手へ行く） さあ お父様の 目にとまらない ところへ！ （ゾフィーを右手のドアの外へ連れだし，ドアを閉める。）
FANINAL ファーニナル		Auf Lebenszeit! *(Eilt dann dem Baron entgegen.)* Bin überglücklich! Muß Euer Liebden embrassieren! 二度と 戻るな！ （男爵の方へ急いで） やれやれ ひと安心ですな！わが婿どの！
BARON 男爵		*(dem bei der Umarmung der Arm wehgetan)* Oh! Oh! Jesus, Maria! （ファーニナルに抱きしめられ，腕が痛くて） あうっ！ おうっ！ いてて！ いててて！

FANINAL ファーニナル	*(nach rechts hin in neuer Wut)* Luderei! Ins Kloster! *(Nach der Mitteltür.)* Ein Gefängnis! Auf Lebenszeit! *(schwächer)* Auf Lebenszeit!	

    （右手に向かって，怒りを新たにして）
    恥知らずめ！　修道院だ！
    （中央扉の方に向かって）
    牢屋へ　入れてやる！
    二度と　戻るな！（声が弱まる）二度と　戻るな！

BARON 男爵	Is gut! Is gut! Ein Schluck von was zu trinken!

    もういい　結構だ！　なにか　飲み物を！

FANINAL ファーニナル	Ein Wein? Ein Bier? Ein Hyppokras mit Ingwer? *(Der Arzt macht eine ängstlich abwehrende Bewegung)*

    ワインを？　ビールを？　それとも　生姜入りのヒュポクラス？
    （医者が心配そうに，やめろという仕草をする）

FANINAL ファーニナル	*(jammernd)* So einen Herrn, so einen Herrn zurichten miserabel! So einen Herrn. In meinem Stadtpalais! Sie heirat' ihn um desto früher! Bin Mann's genug'.

    （慨嘆して）
    こんな　立派な　婿殿を
    ひどい目に　合わせるとは！
    私の　邸内で！　こうなったら　一刻も早く　結婚を！
    私だって　男だ

BARON 男爵	*(matt)* Is gut, is gut!

    （ぐったりして）
    まあ　いい　まあ　いい！

FANINAL ファーニナル	*(nach der Tür rechts, in aufflammender Wut)* Bin Mann's genug!

    （右手のドアの方に向かって，怒りを燃え上がらせて）
    私だって　男だ！

(Zum Baron.)
Küß' Ihm die Hand für seine Güt' und Nachsicht.
Gehört all's Ihm im Haus. Ich lauf' — ich bring' Ihm —

(男爵に)

ご好意と　寛大なお心　ありがとう　ございます
この家のものは　何でも　あなたのもの——いま　連れて
まいります——

(Nach rechts.)
Ein Kloster ist zu gut!

(右手に向かって)

修道院なんぞ　もったいない！

(Zum Baron.)
Sei'n außer Sorg'.

(男爵に)

どうぞ　ご心配なく

(Sehr devot)
Weiß, was ich Satisfaktion Ihm schuldig bin.

(ひどくかしこまって)

必ず　ご満足いただける　償いを　いたします

(Stürzt ab.)
(Es kommt bald darauf ein Diener mit einer Kanne Wein und serviert dem Baron.)

(急いで立ち去る。)
(やがてすぐに，ひとりの召使いがワインの壺を持って現れ，男爵に給仕する。)

BARON
男爵
(mit seiner Dienerschaft und dem Arzt allein)
(halb aufgerichtet)
Da lieg' ich! Was einem Kavalier nit all's passieren kann
in dieser Wiener Stadt!

(自分のお供の者たちと医者だけがまわりにいる)
(身体を半分起こして)

なんてこった！　紳士たる者　とんだ目に　あうもんだ
さすがは　ウィーンだ！

Wär' nicht mein Gusto hier — da ist ein's gar zu sehr in Gottes
Hand, wär' lieber daheim!

ここは　好きになれんな　いつ何が起こるか　知れやせん
我が家のほうが　ましだ！

(will trinken, da macht er eine Bewegung, die ihm Schmerzen verursacht)
Oh! Oh! Der Satan! Oh! Oh! Sakramentsverfluchter Bub',
nit trocken hinterm Ohr und fuchtelt mit'n Spadi!

（ワインを飲もうとするが，その動作が傷の痛みをひき起こす）
あうっ！　おうっ！　悪魔め！　いまいましい　若僧めが！
青二才のくせして　剣なんぞ　振り回しよって！

(In immer größerer Wut.)
Wällischer Hundsbub' das! Dich sollt' ich nur erwischen, er-
wischen.
In Hundezwinger sperr' ich dich ein, bei meiner Seel',
in Hühnerstall — in Schweinekofen!
Tät' dich courancen! Solltest alle Engel singen hör'n!

（ますます怒りをつのらせながら）
いけ好かない　イタリア野郎め！　ただじゃ　おかんぞ
犬小屋に　突っ込んでやる　見てろ
鶏小屋でも　豚小屋でも　ぶち込んでやる！
うんと　懲らしめて　ひいひい　言わせてやる！

DIE LERCHENAUSCHEN
男爵のお供の者たち

(nehmen sofort einen sehr drohende und gefährliche Haltung an, mit der Richtung gegen die Tür, durch die Octavian abgegangen.)
Wenn ich dich erwisch',
Du liegst unterm Tisch.
Wart', dich richt' ich zu,
wällischer Filou!

（間髪を入れず，すこぶる脅迫的かつ恐ろしそうな姿勢で，オクタヴィアンが出ていったドアの方に向かって）
ふんづかまえて　やるぞ
机の下に　隠れたって　無駄だ
見てろ　とっちめてやる
女たらしの　イタリア野郎め！

BARON
男爵

(Zu dem Faninalschen Diener, der aufwartet.)
Schenk' Er mir ein da, schnell!
(Der Arzt schenkt ihm ein und präsentiert den Becher.)

（控えているファーニナル家の召使いに）
さあ　一杯　注いでくれ　早く！
（医者が男爵のためにワインを注ぎ，グラスを差し出す。）

(allmählich besserer Laune)
Und doch, muß lachen, wie sich so ein Loder
mit seine siebzehn Jahr' die Welt imaginiert:
meint, Gott weiß wie er mich kontreveniert.

（次第に機嫌が直ってきて）
それにしても　笑わせるぜ　あんな若僧が
十七かそこいらで　世間知らずの　くせして
ふとどきにも　このわしに　歯向かうとは

Haha! Umgekehrt ist auch gefahren! Möcht' um alles nicht,
daß ich dem Mädel sein rebellisch' Aufbegehren nicht verspüret hätt'!

はっは！　お生憎だな　かえって　うれしいくらいだ
あの娘が　逆らうさまも　なかなか　おつなものさ！

(immer gemütlicher)
's gibt auf der Welt nichts, was mich so enflammiert
und also vehement verjüngt als wie ein rechter Trotz.

（ますます上機嫌になって）
この世で　わしを　いちばん　燃え上がらせて
ぐんと　若返らせるのは　筋金入りの　強情娘だ

DIE LERCHENAUSCHEN
男爵のお供の者たち

(gedämpft)
Wart', dich hau' i z'samm,
wällischer Filou!
Wart', dich hau' i z'samm,
daß dich Gott verdamm'!

（押し殺したような声で）
見てろ　やっつけてやる
女たらしの　イタリア野郎！
見てろ　やっつけてやる
吠えづら　かくな！

BARON
男爵

Herr Medicus, verfüg' Er sich voraus!
Mach' Er das Bett
(etwas zögernd)
aus lauter Federbetten.

お医者殿　先に　準備をしてくだされ！
ベッドの用意を　お願いする
（少しためらって）
ふわふわの　羽根布団が　いいな

Ich komm'. Erst aber trink' ich noch. Marschier' Er nur indessen.
(den zweiten Becher leerend)
Ein Federbett. Zwei Stunden noch zu Tisch.

私は　あとで行く　まずその前に　一杯だ
さあ　早く行きなされ
(二杯目を飲み干して)
羽根布団ですぞ　食事までには　まだ二時間

(immer gemächlicher)
Werd' Zeit lang haben.

(ますます心地よさそうに)
時間は　たっぷり

(Annina ist durch den Vorsaal hereingekommen und schleicht sich verstohlen heran, einen Brief in der Hand.)

(アンニーナが玄関ホールから入ってきて，あたりを窺いながら忍び寄る。手には一通の手紙を持っている。)

(vor sich, leise)
„Ohne mich, ohne mich, jeder Tag Dir so bang,
mit mir, mit mir keine Nacht Dir zu lang."

(小声で，独り言のように)
「わしがいなきゃ　いなきゃ　毎日　さびしい
わしと一緒なら　一緒なら　夜も　うれしい」

(Annina stellt sich so, daß der Baron sie sehen muß und winkt ihm geheimnisvoll mit dem Brief.)

(アンニーナが男爵の視野に入るところへ寄ってきて，思わせぶりに手紙をちらつかせる。)

BARON
男爵

Für mich?

わしにか？

ANNINA
アンニーナ

(näher)
Von der Bewußten.

(さらに近寄って)
例の娘からでして

BARON
男爵

Wer soll damit g'meint sein?

誰のことかな？

ANNINA
アンニーナ

(ganz nahe)
Nur eigenhändig, insgeheim zu übergeben.

(ぴったり寄り添って)
ご本人に　そっと　渡すように　とのこと

BARON 男爵		Luft da! *(Die Diener treten zurück, nehmen den Faninalschen ohne weiteres die Weinkanne ab und trinken sie leer.)*

そこを どけ！
(お供の者たちは後方に引き下がる。彼らはファーニナルの召使いからワインの壺を無雑作に取り上げ，飲み干す。)

Zeig' Sie den Wisch!
(Reißt mit der Linken den Brief auf. Versucht ihn zu lesen, indem er ihn sehr weit von sich weghält.)
Such' Sie in meiner Tasch' meine Brillen.
(sehr mißtrauisch)
Nein! Such' Sie nicht! Kann Sie Geschriebenes lesen?
Da.

見せろ そいつを！
(左手で手紙の封を切り，それを読もうとして，目から遠く離して持つ。)
ポケットに 眼鏡がないか 探してみろ
(ひどく疑い深く)
いや！ 探さんでいい！ おまえ 字が読めるか？
そら！

ANNINA
アンニーナ
(nimmt den Brief und liest)
„Herr Kavalier! Den morgigen Abend hätt' i frei.
Sie ham mir schon g'falln, nur g'schamt
hab' i mi vor der fürstli'n Gnade,
weil i noch gar so jung bin. Das bewußte Mariandel,
Kammerzofel und Verliebte.
Wenn der Herr Kavalier den Namen nit schon vergessen hat.
I wart' auf Antwort."

(手紙を受け取って読む)

「騎士様！ あすの晩 わたし ひまです
あなた様のこと 好きになりました ただ
奥様の前だったから 恥ずかしかったです
わたし まだ 若いんですもの マリアンデルより
あなたを愛してる 小間使いの マリアンデル
騎士様が まだ名前を お忘れでないなら
お待ちします ご返事を」

BARON
男爵
(entzückt)
Sie wart' auf Antwort.
Geht all's recht am Schnürl so wie z' Haus
und hat noch einen andern Schick dazu.

(悦に入って)
返事を 待っている
万事 すんなり うまくいく いつもどおりだ
そのうえ こんな おまけまで

(Sehr lustig.)
Ich hab' halt schon einmal ein Lerchenauisch' Glück.
Komm' Sie nach Tisch, geb' Ihr die Antwort nachher schriftlich.

（ご機嫌になって）

そうさ　わしゃ　レルヘナウの　幸運児
食後に　来い　返事は　あとで　書いて　渡す

ANNINA
アンニーナ
Ganz zu Befehl, Herr Kavalier. Vergessen nicht die Botin?
仰せの通りに　旦那様！　私への　お心付け　お忘れでは？

BARON
男爵
(sie überhörend, vor sich)
„Ohne mich, ohne mich jeder Tag Dir so lang."

（アンニーナの言葉に耳を貸さず，独り言で）

「わしがいなきゃ　いなきゃ　毎日　退屈」

ANNINA
アンニーナ
(dringlicher)
Vergessen nicht der Botin, Euer Gnade!

（さらに押しつけがましく）

お心付けを　お忘れなく　旦那様！

BARON
男爵
Schon gut.
„Mit mir, mit mir keine Nacht Dir zu lang."
(Annina macht nochmals eine Gebärde des Geldforderns)

わかった
「わしと一緒なら　一緒なら　夜も　うれしい」
（アンニーナがもう一度，金をせびる素振りをする）

(zu Annina)
Das später. All's auf einmal. Dann zum Schluß.
Sie wart' auf Antwort! Tret' Sie ab indessen.
Schaff' Sie ein Schreibzeug in mein Zimmer hin dort drüben,
daß ich die Antwort dann diktier'.

（アンニーナに）

あとでだ　まとめて　一度に払う　最後にな
返事を　待ってる！　あちらへ　下がっていろ
書くものを　わしの部屋に　用意しておけ
あとで　返事を　書き取らせるから

(Annina geht ab, nicht ohne mit einer drohenden Gebärde hinter des Barons Rücken angezeigt zu haben, daß sie sich bald für seinen Geiz rächen werde)

（アンニーナは立ち去る。その際彼女は，男爵の背後で威嚇するような身振りをし，けちな男爵にいずれ仕返しするつもりでいることを示す。）

(tut noch einen letzten Schluck.)
Keine Nacht Dir zu lang,
Keine Nacht Dir zu lang,
Dir zu lang

(ワインの最後の一杯をあおって)

夜も　うれしい

夜も　うれしい

うれしい

(er geht, von seinen Leuten begleitet, langsam und behaglich seinem Zimmer zu.)
Mit mir, mit mir, mit mir
keine Nacht dir zu lang!
(Der Vorhang fällt langsam.)

(男爵はお供の者たちを従え，ゆっくりと心地よさそうに自分の部屋へ向かう。)

わしと一緒なら　一緒なら　一緒なら

夜も　うれしい！

(幕がゆっくりと下りる。)

第3幕
Dritter Aufzug

Ein Extrazimmer in einem Gasthaus. Im Hintergrunde links ein Alkoven, darin ein Bett. Der Alkoven durch einen Vorhang verschließbar, der sich auf und zu ziehen läßt. Mitte links ein Kamin mit Feuer darin. Darüber ein Spiegel. Vorne links Türe ins Nebenzimmer. Gegenüber dem Kamin steht ein für zwei Personen gedeckter Tisch, auf diesem ein großer, vielarmiger Leuchter. In der Mitte rückwärts Türe auf den Korridor. Daneben rechts ein Büffet. Rechts rückwärts ein blindes Fenster, vorne rechts ein Fenster auf die Gasse. Armleuchter mit Kerzen auf dem Büffet, auf dem Kamin, sowie an den Wänden. Es brennt nur je eine Kerze in den Leuchtern auf dem Kamin. Das Zimmer halbdunkel. Annina steht da, als Dame in Trauer gekleidet. Valzacchi richtet ihr den Schleier, zupft da und dort das Kleid zurecht, tritt zurück, mustert sie, zieht einen Crayon aus der Tasche, untermalt ihr die Augen.

Die Türe links wird vorsichtig geöffnet, ein Kopf erscheint, verschwindet wieder.
Dann kommt eine nicht ganz unbedenklich aussehende, aber ehrbar gekleidete Alte hereingeschlüpft, öffnet lautlos die Tür und läßt respektvoll Octavian eintreten, in Frauenkleidern, mit einem Häubchen, wie es die Bürgermädchen tragen. Octavian, hinter ihm die Alte, gehen auf die beiden anderen zu, werden sogleich von Valzacchi bemerkt, der in seiner Arbeit innehält und sich vor Octavian verneigt. Annina erkennt nicht sofort den Verkleideten, sie kann sich vor Staunen nicht fassen, knickst dann tief. Octavian greift in die Tasche (nicht wie eine Dame, sondern wie ein Herr, und man sieht, daß er unter dem Reifrock Männerkleider und Reitstiefel anhat, aber ohne Sporen) und wirft Valzacchi eine Börse zu. Valzacchi und Annina küssen ihm die Hände, Annina richtet noch an Octavians Brusttuch. Es treten auf fünf verdächtige Herren unter Vorsichtsmaßregeln von links. Valzacchi bedeutet sie mit einem Wink, zu warten. Sie stehen links nahe der Türe.

Eine Uhr schlägt halb.
Valzacchi zieht seine Uhr, zeigt Octavian: es ist

食堂兼旅館の特別室。左手後方の壁にはくぼみがあり、そこにベッドが置かれている。このくぼみは、開け閉めのできるカーテンによって仕切られている。中央左寄りには、火の燃えている暖炉があり、その上に鏡が一枚。左手前方には隣室に通ずるドア。暖炉と向き合う位置に、二人分の準備が整えられた食卓。食卓の上には、枝分かれの多い大きな燭台がひとつ。中央後方には、入り口の広間に通ずる両開きの扉。その横、右手にはサイドボードがある。右手後方には、めくら窓ひとつ。前方の右手には、道路に面した窓ひとつ。サイドボードと暖炉の上、それに壁面のあちこちには、ろうそくの付いた燭台。そのうち火が灯っているのは、暖炉の上のいくつかの燭台だけで、それもろうそくが一本ずつだけである。部屋はうす暗い。アンニーナが、喪服を着た貴婦人の姿で立っている。ヴァルツァッキが、アンニーナに黒いヴェールをかぶせ、喪服のあちこちをつまんで整える。それから後ろへさがって点検し、ポケットから取り出したクレヨンで、アンニーナの顔にアイシャドウを描いてやる。

左手のドアが用心深く開けられ、人の頭が現れるが、また消える。
やがて、かなりいかがわしい風体の、とはいえ、ちゃんとした服装の老女がそっと忍び込んできて、音もなくドアを開け、うやうやしくオクタヴィアンを招き入れる。オクタヴィアンは女装しており、町娘がかぶるような小さな頭巾をかぶっている。オクタヴィアンは老女を従えて、ヴァルツァッキとアンニーナのいる方へ行く。ヴァルツァッキはすぐにオクタヴィアンに気づき、仕事を中断してお辞儀をする。アンニーナはオクタヴィアンが女装していることに、すぐには気づかない。気づくと驚きのあまり呆然としているが、やがて深く脚礼をする。オクタヴィアンはポケットの中を探り（女らしくではなく、男っぽい仕草でそうするため、張り骨入りのスカートの下にズボンと乗馬靴をはいている——ただし拍車はつけていない——のが見える）、ヴァルツァッキに財布を投げてやる。ヴァルツァッキとアンニーナはオクタヴィアンの手にキスをし、アンニーナはさらに、オクタヴィアンのブラウスの胸もとのあたりを整える。五人の怪しげな男たちが、左手から用心深く登場。ヴァルツァッキは彼らに、待っているよう、手を振って合図する。男たちは、左手のドアの近くに立っている。

時計が半の時を告げる。
ヴァルツァッキは自分の時計を取り出してオクタ

hohe Zeit. Octavian geht eilig links ab, gefolgt von der Alten, die als seine Begleiterin fungiert.
Annina geht zum Spiegel (alles mit Vorsicht, jedes Geräusch vermeidend), arrangiert sich noch, zieht dann einen Zettel hervor, woraus sie ihre Rolle zu lernen scheint.

Valzacchi nimmt indessen die Verdächtigen nach vorne, indem er mit jeder Gebärde die Notwendigkeit höchster Vorsicht andeutet. Die Verdächtigen folgen ihm auf den Zehen nach der Mitte. Er bedeutet ihrer einem, ihm zu folgen: lautlos, ganz lautlos. Führt ihn an die Wand rechts, öffnet lautlos eine Falltür unfern des gedeckten Tisches, läßt den Mann hinabsteigen, schließt wieder die Falltür. Dann winkt er zwei zu sich, schleicht ihnen voran bis an die Eingangstüre, steckt den Kopf heraus, vergewissert sich, daß niemand zusieht, winkt die zwei zu sich, läßt sie dort hinaus.

Dann schließt er die Türe, führt die beiden letzten leise an die Türe zum Nebenzimmer voran, schiebt sie hinaus. Winkt Annina zu sich, geht mit ihr leise links ab, die Türe lautlos hinter sich schließend.

Er kommt wieder herein, klatscht in die Hände. Der eine Versteckte hebt sich mit halbem Leib aus dem Boden hervor. Zugleich erscheinen über dem Bett und andern Stellen Köpfe.
Auf Valzacchis Wink verschwinden dieselben ebenso plötzlich, die geheimen Schiebtüren schließen sich ohne Geräusch.
Valzacchi sieht abermals nach der Uhr, geht nach rückwärts, öffnet die Eingangstür.
Dann zieht er ein Feuerzeug hervor und beginnt eifrig, die Kerzen auf dem Tisch anzuzünden. Ein Kellner und ein Kellnerjunge kommen gelaufen mit zwei Stöcken zum Kerzenanzünden.
Entzünden die Leuchter auf dem Kamin, auf dem Büfett, dann die zahlreichen Wandarme. Sie haben die Tür hinter sich offen gelassen, man hört aus dem Vorsaal (im Hintergrunde) Tanzmusik spielen.
Valzacchi eilt zur Mitteltür, öffnet dienstbeflissen auch den zweiten Flügel, springt unter Verneigung zur Seite.

ヴィアンに見せ、いよいよ始める時刻だと知らせる。
アンニーナは（すべてを用心深く、音を立てないようにしながら）鏡に歩み寄り、もう一度身なりをととのえ、一枚の紙切れを取り出す。どうやらそれを見て、自分の役割を頭に入れようとしている様子。
その間ヴァルツァッキは、怪しげな男たちを前方に連れてくると、細心の注意深さが必要であることを、いろいろな身振りで彼らに説明する。怪しげな男たちはヴァルツァッキのあとに続き、忍び足で中央の方へ行く。ヴァルツァッキは男たちの一人に、静かに、けっして音を立てずに、ついて来いと合図をする。彼は男を右手の壁際まで連れてくると、食事の用意がととのえられたテーブルの近くにある揚げ板を音もなく開き、その男を床下にもぐらせ、ふたたび揚げ板を閉める。それからヴァルツァッキは、男二人に来るように合図し、先に立って入り口の扉まで忍んで行く。頭を突きだし、誰も見ていないことを確かめてから、二人を招きよせ、外に出してやる。
それからヴァルツァッキは入り口の扉を閉め、残った二人の男を、隣室に通ずるドアの方へそっと連れて行き、外に押し出す。さらにアンニーナに来るよう合図し、彼女といっしょにそっと左手のドアから退場。彼らが出ると、ドアは音もなく閉まる。
ヴァルツァッキがふたたび入ってきて、手を叩く。すると、隠れていた男たちの一人が、床下から上半身を突き出す。それと同時に、ベッドの上方やその他の所から、人の頭が現れる。
ヴァルツァッキの合図で、男たちは、現れたときと同じように突然姿を消し、秘密の揚げ板や引き戸は音もなく閉まる。
ヴァルツァッキはもう一度時計を見てから後方へ行き、入り口の扉を開ける。
それからヴァルツァッキは火打石を取り出し、食卓の上のろうそくにせっせと火をともし始める。給仕一人と見習い一人が、ろうそくに火をともすための棒をそれぞれ手に持って、駆け込んでくる。
彼らは暖炉とサイドボードの上のろうそくに火をともし、さらに壁に取り付けられた多くの燭台にも火をつける。彼らは入ったときにドアを開け放しにしておいたままなので、玄関ホール（舞台裏にある）からはダンス音楽の演奏が聞こえてくる。
ヴァルツァッキが中央にある両開きの扉へと急ぎ、片方の扉だけでなくもう一方の扉も、いそいそと開き、お辞儀をしながら脇へ跳びのく。

Baron Ochs erscheint, den Arm in der Schlinge, Octavian an der Linken führend, hinter ihm der Leiblakai. Baron mustert den Raum. Octavian sieht herum, läuft an den Spiegel, richtet sein Haar.

Baron bemerkt den Kellner und Kellnerjungen, die noch mehr Kerzen anzünden wollen, winkt ihnen, sie sollten es sein lassen. In ihrem Eifer bemerken sie es nicht. Baron ungeduldig, reißt den Kellnerjungen vom Stuhl, auf den er gestiegen war, löscht einige ihm zunächst brennende Kerzen mit der Hand aus. Valzacchi zeigt dem Baron diskret den Alkoven und durch eine Spalte des Vorhanges das Bett.

オックス男爵が現れる。右腕を布で首から吊り下げ、左手でオクタヴィアンを連れてくる。男爵の後ろには側近の従僕。男爵は部屋を点検する。オクタヴィアンはあたりを見回し、鏡の前へ走って行って、髪をととのえる。

男爵は、給仕と見習いがもっと多くのろうそくに火をともそうとしているのに気づくと、それはやめろと、彼らに手で合図をするが、仕事に熱中している二人はそれに気づかない。男爵は苛立って、見習いを、彼が乗っていた椅子から引きずり下ろし、近くにある何本かのろうそくの火を手で消してしまう。ヴァルツァッキは男爵に、こっそりと、壁にくぼみがあることを教え、カーテンの隙間からベッドを見せる。

WIRT
主人
(mit mehreren Kellnern eilt herbei, den vornehmen Gast zu begrüßen.)
Hab'n Euer Gnaden noch weitre Befehle?
（身分の高い上客に挨拶するために、さらに数人の給仕を連れて急いでやってきて）
旦那様　ほかにまだ　何か　ご用は？

KELLNER
給仕
Befehln mehr Lichter?
もっと　ろうそくを　お望みで？

WIRT
主人
Ein größeres Zimmer?
もっと　大きな　お部屋を？

KELLNER
給仕
Mehr Lichter?
もっと　ろうそくを？

KELLNER
給仕
Befehln mehr Lichter auf den Tisch?
食卓に　もっと　ろうそくを　置かれます？

KELLNER
給仕
Mehr Silber?
もっと　銀の食器を？

BARON
男爵
(eifrig beschäftigt mit einer Serviette, die er vom Tisch genommen und entfaltet hat, alle ihm erreichbaren Kerzen auszulöschen)
Verschwindt's! Macht mir das Madel net verrückt!
Was will die Musi? Hab sie nicht bestellt.
(Löscht weitere Kerzen aus.)
（食卓から取って拡げたナプキンで、食卓上のろうそくの火を、手の届く限り消すことに躍起になりながら）
下がれ！　せっかく　いい雰囲気なのに！
なんだ　この音楽は？　注文した覚えは　ないぞ
（ろうそくの火を、さらに消し続ける。）

WIRT 主人	Schaffen vielleicht, daß man sie näher hört? Im Vorsaal da — is Tafelmusi. お望みなら　もっと　近くで　やらせましょうか？ そこの　玄関ホールで──食卓用の　音楽を
BARON 男爵	Laß Er die Musi, wo sie ist. *(bemerkt das Fenster rechts rückwärts im Rücken des gedeckten Tisches)* Was ist das für ein Fenster da? いや　いい　音楽は　このままで　かまわん （食卓の後ろの，右手後方にある窓に気づいて） あそこの　あの窓は　何なんだ？
WIRT 主人	Ein blindes Fenster nur. *(verneigt sich)* Darf aufgetragen werd'n? *(alle fünf Kellner wollen abeilen)* 飾りだけの　開かずの窓でして （お辞儀をする） お食事の　準備を　いたしましょうか？ （ぜんぶで五人の給仕が，急いで出て行こうとする）
BARON 男爵	Halt, was woll'n die Maikäferl da? おい　待て！　なんだ　お前たち？　目障りな　奴らだな
KELLNER 給仕たち	*(an der Tür)* Servier'n, Euer Gnaden. （ドアのところで） お給仕を　させていただこうと　思いまして
BARON 男爵	*(winkt ab)* Brauch' Niemand nicht. *(als sie nicht gehen, heftig)* Packts Euch! Servieren wird mein Kammerdiener da: einschenken tu' ich selber. Versteht Er? （下がれという合図をして） 給仕は　だれも　要らん （給仕たちが下がろうとしないのを見て，激しい口調で） とっとと　下がれ！　給仕は　ここにいる　わしの従僕にさせる 酒は　自分で　注ぐ　わかったか？ *(Valzacchi bedeutet sie den Willen seiner Gnaden wortlos zu respektieren.)* *(Schiebt alle zur Tür hinaus.)* （ヴァルツァッキが給仕たちに，旦那様の意向には黙って従えと合図をする。） （ヴァルツァッキが給仕たちを，ドアの外へ押し出す。）

BARON 男爵	*(zu Valzacchi)* Er ist ein braver Kerl. *(löscht aufs neue eine Anzahl Kerzen aus, darunter mit einiger Mühe die hoch an der Wand brennenden.)*	

（ヴァルツァッキに）
おまえは　なかなか　よくやる
（あらたに何本ものろうそくの火を消す。壁の高いところで燃えている何かを消すのには，若干苦労する。）

	Wenn er mir hilft, die Rechnung 'runterdrucken. Dann fallt was ab für Ihn. Kost' sicher hier ein Martergeld. *(Valzacchi unter Verneigung ab)*

勘定を　うまいこと　負けさせたら
おまえに　分け前を　やるぞ　ここは　きっと
恐ろしく　高いだろうからな
（ヴァルツァッキはお辞儀をしながら下がる）

Octavian ist nun fertig. Baron führt ihn zu Tisch, sie setzen sich.

オクタヴィアンはようやく身づくろいを終える。男爵はオクタヴィアンを食卓へ連れてゆき，二人は座る。

Der Lakai am Büfett sieht mit unverschämter Neugierde der Entwicklung des tête-à-tête entgegen, stellt Karaffen mit Wein vom Büfett auf den Eßtisch.
Baron schenkt ein.
Octavian nippt.
Baron küßt Octavian die Hand.
Octavian entzieht ihm die Hand.
Baron winkt den Lakaien abzugehen, muß es mehrmals wiederholen, bis die Lakaien endlich gehen.

側近の従僕が，サイドボードのそばから，好奇心を丸出しにして，この逢い引きの展開を見守っている。彼はワインの入った容器をサイドボードから取り，食卓へ置く。
男爵がグラスにワインを注ぐ。
オクタヴィアンは，ワインをちょっと舐めてみる。
男爵，オクタヴィアンの手にキスをする。
オクタヴィアン，その手を引っ込める。
男爵は側近の従僕に，下がれと手で合図をするが，従僕はなかなか従わず，何度も繰り返して，ようやく下がる。

OCTAVIAN オクタヴィアン	*(schiebt sein Glas zurück)* Nein, nein, nein, nein! I trink kein Wein.	

（自分のグラスを押し戻して）
だめ　だめ　だめよ！　あたし　お酒　嫌い

BARON 男爵	Geh, Herzerl, was denn? Mach doch keine Faxen.	

あれ　どうしたの？　駄々をこねたり　しないで

OCTAVIAN オクタヴィアン	Nein, nein, nein, nein, i bleib net da. *(springt auf, tut, als ob er fort wollte)*	

いや　いや　あたし　もう　帰る
（さっと立ち上がり，帰ろうとするかのような素振り）

BARON 男爵	*(packt sie mit seiner Linken)* （左手でオクタヴィアンを抱き寄せる）	

Sie macht mich deschparat.

そんなこと 言わないで さあ

OCTAVIAN オクタヴィアン		

Ich weiß schon, was Sie glaub'n.
Oh Sie schlimmer Herr!

あなたの 狙い あたし ちゃんと わかってる
あなたって 悪い人！

BARON 男爵	*(sehr laut)* （ひじょうな大声で）	

Saperdipix! Ich schwör' bei meinem Schutzpatron!

とんでもない！ 神かけて 誓うさ！

OCTAVIAN オクタヴィアン	*(tut sehr erschrocken, läuft, als ob er sich irrte, statt zur Ausgangstür gegen den Alkoven, reißt den Vorhang auseinander, erblickt das Bett.)* *(Gerät in übermäßiges Staunen, kommt ganz betroffen auf den Zehen zurück.)*	

Jesus Maria, steht a Bett drin, a mordsmäßig großes.
Ja mei, wer schlaft denn da?

（びっくりした素振りで，迷走したかのように，出口の扉ではなく，壁のくぼみの方へ駆けて行き，カーテンを左右に開いて中に置かれたベッドを見る。）
（びっくり仰天し，ひどいショックを受けた様子で，つま先立って戻ってくる。）

まあ 驚いた！ ベッドがある ものすごく 大きいベッド
いったい 誰が 寝るの あそこで？

BARON 男爵	*(führt ihn zurück an den Tisch)*	

Das wird Sie schon seh'n. Jetzt komm' Sie.
Setz' Sie sich schön.
Kommt gleich wer mit'n Essen.
Hat Sie denn keinen Hunger nicht?
(legt ihr die Hand um die Taille)

（オクタヴィアンを食卓へ連れ戻して）

そのうち わかるさ さあ おいで
こっちへ お座り
すぐに ご馳走を 運んでくるよ
おなか 空いてないか？
（手をオクタヴィアンの腰にまわす）

OCTAVIAN オクタヴィアン	*(wirft dem Baron schmachtende Blicke zu)*	

O weh, wo Sie doch ein Bräut'gam tun sein!
(wehrt ihn ab)

（恋い焦がれたような眼差しを男爵に向けて）

悲しいわ だって あなたは 花婿さんだもの！
（と言って，男爵を拒む）

BARON
男爵

Ach laß Sie schon einmal das fade Wort!
Sie hat doch einen Kavalier vor sich
und keinen Seifensieder.

へん　つまらんことを　言わないで！
わしは　なんたって　れっきとした　紳士だ
そこいらの　表六玉とは　わけが違う

Ein Kavalier läßt alles,
was ihm nicht conveniert,
da draußen vor der Tür.

紳士たるもの　やっかいなことは

なんでも　うっちゃって

おくものさ

Hier sitzt kein Bräutigam und keine Kammerjungfer nicht:
Hier sitzt mit seiner Allerschönsten ein Verliebter beim
Souper.
(zieht ihn an sich)

ここじゃあ　花婿も　小間使いも　ない
恋する男が　最高に可愛い　恋人と
仲良く　食事を　してるのさ
（と言って，引き寄せる）

OCTAVIAN
オクタヴィアン

(lehnt sich kokett in den Sessel zurück, mit halbgeschlossenen Augen.)

（コケティッシュな風情で椅子にもたれかかり，目を半分閉じている。）

BARON
男爵

(erhebt sich, der Moment für den ersten Kuß scheint ihm gekommen. Wie sein Gesicht dem der Partnerin ganz nahe ist, durchzuckt ihn jäh die Ähnlichkeit mit Octavian. Er fährt zurück und greift unwillkürlich nach dem verwundeten Arm.)

（最初のキスをする潮どきと見て，立ち上がる。顔を相手の顔に近付けるが，それがオクタヴィアンにそっくりなのに気づいて，ぎょっとする。男爵はうしろへ跳び退き，思わず怪我した方の腕に手をやる。）

Ist ein Gesicht! Verfluchter Bub!
Verfolgt mich als a
wacher und im Traum!

同じ顔だ！　あの　いまいましい　若僧め！
あれが　付きまといやがる
寝ても　覚めてもだ！

OCTAVIAN
オクタヴィアン

(öffnet die Augen und blickt ihn frech und kokett an)
Was meint Er denn?

（目を開け，ふてぶてしく，しかもコケティッシュに男爵を見つめて）
えっ　なあに　いったい？

BARON 男爵		Siehst einem ähnlich, einem gottverfluchten Kerl! 似てるのさ　くそいまいましい　野郎にな！
OCTAVIAN オクタヴィアン		Ah geh'! Das hab' i no net ghört! いやぁだぁ　そんなこと　あたし　知らない！

Baron, nun wieder versichert, daß es die Zofe ist, zwingt sich zu einem Lächeln.
Aber der Schreck ist ihm nicht ganz aus den Gliedern. Er muß Luft schöpfen und der Kuß bleibt aufgeschoben.
Der Mann unter der Falltür öffnet zu früh und kommt zum Vorschein.
Octavian, der ihm gegenübersitzt, winkt ihm eifrig, zu verschwinden. Der Mann verschwindet sofort.

Baron, der, um den unangenehmen Eindruck von sich abzuschütteln, ein paar Schritte getan hat und sie von rückwärts umschlingen und küssen will, sieht gerade noch den Mann. Er erschrickt heftig, zeigt hin.

男爵は，そこにいるのが小間使いであることをふたたび確かめて，無理に微笑む。
しかし，彼はまだショックから完全には立ち直れない。ひと息つくために，キスは先延ばしにされる。
揚げ板の下にかくれていた男が，誤って，しめし合わせておいたより早く板を持ち上げ，姿を現す。その男の向かいに座っているオクタヴィアンは，早く消えろと，あわてて合図をする。男はすぐに消える。
男爵は，いやな気分を振り払おうとして二，三歩動き，彼女を後ろから抱きかかえて，キスしようとする。ちょうどこのとき，例の男の姿が男爵の目に留まる。男爵はひどいショックを受け，そちらの方を指さす。

OCTAVIAN オクタヴィアン		*(als verstände er nicht)* Was ist mit Ihm? （何のことか，わからないふりをして） あら　どうしたの？
BARON 男爵		*(auf die Stelle deutend, wo die Erscheinung verschwunden ist)* Was war denn das? Hat Sie den nicht geseh'n? （男が現れて消えた所を指さして） 何だ　あれは？　あんたも　見ただろうが？
OCTAVIAN オクタヴィアン		Da ist ja nix! なんにも　ないわ！
BARON 男爵		Da ist nix? *(nun wieder ihr Gesicht angstvoll musternd)* So? Und da is auch nix? *(fährt mit der Hand über ihr Gesicht)* 何も　ない？ （ふたたびオクタヴィアンの顔を，不安そうに眺めてみながら） そうか？ これも　何でも　ないか？ （と言いながら，左手で彼女の顔をなでる）

OCTAVIAN オクタヴィアン	Da is mei' G'sicht. あたしの 顔よ
BARON 男爵	*(atmet schwer, schenkt sich ein Glas Wein ein.)* Da is Ihr G'sicht — und da is nix — mir scheint, ich hab' die Congestion. （大きく息をつき，自分のグラスにワインを注ぐ。） これは あんたの顔――そして 何もない―― どうやら 頭が のぼせた ようだ *(Setzt sich schwer, es ist ihm ängstlich zu Mute.)* （ずしんと椅子に座る。不安な気持ちがしている。） *(Die Tür geht auf, man hört draußen wieder die Musik. Der Lakai kommt und serviert.)* （扉が開き，ふたたび奥から音楽が聞こえてくる。側近の従僕が入ってきて給仕する。）
OCTAVIAN オクタヴィアン	*(sehr weich)* Die schöne Musi! （嫋々たる風情で） きれいな曲！
BARON 男爵	*(wieder sehr laut)* Is mei Leiblied, weiß Sie das? （ふたたび，ひじょうに大きな声で） わしの 好きな歌だ 知ってるか？
OCTAVIAN オクタヴィアン	*(horcht auf die Musik)* Da muß ma weinen. （音楽に耳を傾けて） 泣けてきちゃう
BARON 男爵	Was? 何だって？
OCTAVIAN オクタヴィアン	Weil's gar so schön is. だって すごく きれいだから

	BARON 男爵	Was? weinen? Wär' nicht schlecht. Kreuzlustig muß Sie sein, die Musi geht in's Blut. *(sentimental)* G'spürt Sie's jetzt — *(winkt dem Lakaien abzugehen)*

何だって？ 泣ける？ そりゃ 悪くないが
楽しく やらにゃ 音楽が 体の血に 染み込むのさ
(感傷的になって)
そろそろ 気分が 出てきたかな ——
(従僕に，あっちへ行けと合図する)

Auf die letzt, g'spürt Sie's dahier,
daß Sie aus mir
machen kann alles frei, was Sie nur will.

さあ 気分が 出てきたら
このわしを どうになと
あんたの 好きなように して いいんだよ

(Der Lakai geht zögernd ab, öffnet nochmals die Tür, schaut mit frecher Neugierde herein und verschwindet erst auf einen neuen heftigen Wink des Barons gänzlich)

(側近の従僕は，後ろ髪を引かれるようなようすで出て行く。出ていったあと，もう一度ドアを開け，好奇心を丸出しにしてのぞき込む。男爵があらためて激しい仕草で合図をすると，ようやく従僕は完全に姿を消す。)

	OCTAVIAN オクタヴィアン	*(zurückgelehnt, wie zu sich selbst sprechend mit unmäßiger Traurigkeit)* Es is ja eh alls eins, es is ja eh alls eins, was ein Herz noch so jach begehrt. *(Indeß der Baron ihre Hand faßt.)* Geh', es is ja alls net drumi wert.

(椅子の背にもたれ，ひとりごとのようにして，ひどく嘆き悲しむように)
どうせ 同じよ どうせ みんな 無駄なこと
どんなに 心が 燃えたって
(男爵はオクタヴィアンの手を握る。)
どうにも なりゃあ しないのよ

	BARON 男爵	*(läßt ihre Hand fahren)* Ei, wie denn? Is sehr wohl der Müh wert.

(オクタヴィアンの手を離して)
あれ どうして？ どうにでも なると 思うよ

OCTAVIAN オクタヴィアン	*(wirft dem Baron schmachtende Blicke zu)* *(immer gleich melancholisch)* Wie die Stund hingeht, wie der Wind verweht, so sind wir bald alle zwei dahin. Menschen sin' ma halt.

　　　　　（男爵に恋い焦がれるような眼差しを向けて）
　　　　　（相変わらずメランコリックな調子で）
　　　　　時が　過ぎれば　風が　吹き去るみたいに
　　　　　あたしたち　二人とも　死んでゆく
　　　　　だって　人間　なんだもの

(schmachtender Blick auf den Baron)
Richt'ns nicht mit G'walt,
(ebenso)
weint uns niemand nach, net dir net und net mir.

　　　　　（男爵に恋い焦がれるような眼差し）
　　　　　どうすることも　できないの
　　　　　（ふたたび同じような眼差し）
　　　　　あなたも　あたしも　死んだって　だれも　泣かない

| **BARON**
男爵 | Macht Sie der Wein leicht immer so?
Is ganz g'wiß Ihr Mieder,
das aufs Herzel Ihr druckt!
(Octavian mit geschlossenen Augen, gibt keine Antwort.) |

　　　　　この娘は　飲むと　いつも　こうなのか？
　　　　　きっと　胴衣が　きつ過ぎて
　　　　　胸を　締めつけるんだ！
　　　　　（オクタヴィアンは目を閉じて，返事をしない。）

(steht auf und will ihr das Mieder aufschnüren)
Jetzt wird's frei mir a bisserl heiß.

　　　　　（立ち上がり，彼女［オクタヴィアン］の胴着の締め紐をゆるめてやろうとする）
　　　　　ちょっと　むし暑く　なってきたから　なあ

(Schnell entschlossen nimmt er seine Perücke ab und sucht sich einen Platz, sie abzulegen. Indem erblickt er ein Gesicht, das sich wieder im Alkoven zeigt und ihn anstarrt. Das Gesicht verschwindet gleich wieder. Er sagt sich: Kongestionen! und verscheucht den Schrecken, muß sich aber doch die Stirne abwischen. Sieht nun wieder die Zofe, willenlos wie mit gelösten Gliedern dasitzen.)

　　　　（すばやく決心してカツラを頭からはずし，それを置く場所を探す。そうするうちに，こんどは壁のくぼみの上方に，顔が突き出て，彼を凝視しているのに気づく。男爵は「頭がのぼせてる」と独り言をいい，衝撃を払いのけようとするが，額の冷や汗をふき取らずにはいられない。彼がふたたび小間使いを見ると，彼女は，どうにでもしてくれと言わんばかりの無防備な姿で，そこに座っている。）

(Das ist stärker als alles, und er nähert sich ihr zärtlich. Da meint er wieder das Gesicht Octavians ganz nahe dem seinigen zu erkennen, und erfährt abermals zurück. Mariandel rührt sich kaum. Abermals verscheucht der Baron sich den Schreck, zwingt Munterkeit in sein Gesicht zurück, da fällt sein Auge abermals auf einen fremden Kopf, welcher aus der Wand hervorstarrt. Nun ist er maßlos geängstigt, er schreit dumpf auf, ergreift die Tischglocke und schwingt sie wie rasend.)

(その光景を目にしては,恐ろしさもどこへやら,男爵はやさしく彼女に近づく。彼女の顔を間近に見た男爵は,ふたたび,そこにオクタヴィアンの顔を見たような気がして,またしてもハッと退く。マリアンデルは,ほとんど身動きしない。男爵はまたしてもショックを追い払い,むりに快活な表情を取り戻そうとする。そのとき,男爵はふたたび,異様な顔が壁から突き出て,こちらを睨んでいるのを目にする。いまや恐怖のとりことなった男爵は,力無い叫び声をあげ,食卓の上の呼び鈴を鷲づかみにして,必死で鳴らす。)

WIRT
主人

Da und da und da und da...
(Plötzlich springt das angeblich blinde Fenster auf, Annina in schwarzer Trauerkleidung erscheint und zeigt mit ausgestreckten Armen auf den Baron.)

ここと あそこ ここだ あそこも……
(突然,開かずの窓ということになっていたはずの窓が,勢いよく開く。黒い喪服姿のアンニーナが現れ,両腕をのばして男爵を指さす。)

BARON
男爵

(außer sich vor Angst)
Da und da und da und da! Da, da!
(sucht sich den Rücken zu decken)

(恐ろしさのあまり,我を忘れて)
ここ あそこ ここと あそこに！ ほら あそこだ！
(我が身の背後を守ろうと,頭をかかえる。)

ANNINA
アンニーナ

Er ist es! Es ist mein Mann! Er ist's! Er ist's!
(verschwindet)

この人！ この人が 私の夫よ！ この人！ この人！
(消える)

BARON
男爵

(angstvoll)
Was ist denn das?

(怖がって)
何なんだ あれは？

OCTAVIAN
オクタヴィアン

(schlägt ein Kreuz)
Das Zimmer ist verhext.

(十字を切って)
こりゃあ お化け屋敷だ

ANNINA
アンニーナ

(gefolgt von dem Intriganten, der sie scheinbar abzuhalten sucht, vom Wirt und von drei Kellnern, stürzt zur Mitteltür herein)
(bedient sich des böhmisch-deutschen Akzents, aber gebildeter Sprechweise.)
Es ist mein Mann, ich leg' Beschlag auf ihn.
Gott ist mein Zeuge, Sie sind meine Zeugen!
Gerichte! Hohe Obrigkeit! Die Kaiserin
muß ihn mir wiedergeben!

(中央の扉から駆け込んでくる。後ろには、彼女を引きとめようとするふりをするヴァルツァッキ、この旅館の主人、三人の給仕たち)
(彼女はボヘミア訛りのドイツ語を使うが、話し方は教養ある人の話し方である。)

私の夫よ　もう　けっして　離さない！
神様が証人　あなた方も　証人よ！
裁判だわ！　お役人様　お願い！　女帝陛下が
きっと私に　夫を　取り戻して　くださるわ！

BARON
男爵

(zum Wirt)
Was will das Weibsbild da von mir, Herr Wirt!
Was will der dort und der und der und der?
(zeigt nach allen Richtungen)
Der Teufel frequentier sein gottverfluchtes Extrazimmer.

(主人に)
おい　あんた！　この女　いったい　何をしようって
言うんだ？
何をしようってんだ　そこのあいつ　あいつ　あいつ
あいつは？
(そこいらじゅうを指さす)
こりゃあ　悪魔が出入りする　呪われた　特別室だ

ANNINA
アンニーナ

Er wagt mich zu verleugnen, ah!
Tut, als ob er mich nicht täte kennen!

私に　知らんぷり　するなんて　ああ！
まるで　赤の他人みたいに！

BARON
男爵

(hat sich eine kalte Kompresse auf den Kopf gelegt, hält sie mit der Linken fest, geht dann dicht auf die Kellner, den Wirt, zuletzt auf Annina zu, mustert sie ganz scharf um sich über ihre Realität klar zu werden)

(冷たい湿布を頭に当て、左手でそれをしっかり押さえながら、給仕たちと主人、そして最後にアンニーナの間近に行き、彼らが本当に人間かどうか確かめようと、鋭い目で点検する)

Ist auch lebendig!
(Wirft die Kompresse weg. Sehr bestimmt.)
Ich hab', wahrhaft'gen Gott, das Möbel nie geseh'n!

生身の　人間だ！
(湿布を投げ捨て、断固とした口調で)
神に誓って　こんな　婆さん　見たこともない！

WIRT 主人		*(zum Wirt)* Debarassier' Er mich und laß Er fort servier'n! Ich hab sein Beisl heut zum letzten Mal betreten.

（主人に）
いい加減に　してくれ　早く　食事の　世話をしろ！
こんな店　金輪際　来てやるものか

ANNINA アンニーナ		*(als entdeckte sie jetzt erst die Gegenwart Octavians)* Ah! Es ist wahr, was mir berichtet wurde. Er will ein zweites Mal heiraten, der Infame, ein zweites unschuldiges Mädchen, so wie ich es war!

（ようやく、オクタヴィアンがいることに初めて気づいたかのように）
ああ　やっぱり！　聞いていたとおりだわ
二度目の結婚を　する気でいる　恥知らず
以前の私みたいな　うぶな娘を　また　騙すなんて！

WIRT 主人		*(erschrocken)* Oh, Oh, Euer Gnaden!

（たまげて）
なんと　まあ　旦那様！

DREI KELLNER 三人の給仕		Oh, Oh, Euer Gnaden!

これは　また　旦那様！

BARON 男爵		Bin ich in einem Narrenturm? Kreuzelement! *(schüttelt kräftig mit der Linken Valzacchi, der ihm am nächsten steht)* Bin ich der Baron von Lerchenau oder bin ich es nicht?

ここは　瘋癲の巣窟か？　くそいまいましい！
（いちばん近くに立っているヴァルツァッキを，左手で激しく揺さぶる）
わしは　男爵のレルヘナウだ　違うというのか？

ANNINA アンニーナ		Ja, ja, du bist es

そうよ　そうですとも　男爵よ

BARON 男爵		Bin ich bei mir?

わしは　正気なのか？

ANNINA アンニーナ		und so wahr, als du es bist, bin ich es auch

そして　私も　たしかに　私よ

BARON 男爵	*(Fährt mit dem Finger ins Licht.)* Ist das ein Kerzl? *(Schlägt mit der Serviette durch die Luft.)* Is das ein Serviettl?	

（指をろうそくの灯に近づけて）
これは ろうそく？
（ナプキンをはたいて）
これは ナプキン？

ANNINA
アンニーナ
...und du erkennst mich wohl, Leupold,
Leupold bedenk:

　　——そして そう 私よ わかるでしょ レウポルト
　　レウポルト あなた いいこと——？

BARON
男爵
(starrt sie fassungslos an)
Kommt mir bekannt vor.

（うろたえて，アンニーナをじっと見つめて）
どこかで 見た顔だ

WIRT
主人
Die arme Frau, die arme Frau Baronin!

お気の毒に お気の毒な 奥様！

ANNINA
アンニーナ
Anton von Lerchenau, dort oben richtet dich ein Höherer!

アントン・フォン・レルヘナウ！ 天の神様が
許しませんことよ！

BARON
男爵
(Sieht wieder auf Octavian.)
Hab'n doppelte Gesichter alle miteinander.

（ふたたびオクタヴィアンを見て）
どいつも こいつも 顔が 二つある！

VIER KINDER
四人の子供たち
(zwischen vier und zehn Jahren stürzen zu früh herein und auf den Baron zu)
Papa! Papa! Papa!

（年齢は四歳から十歳くらい。しめし合わせたより早く，男爵めがけて突進してくる）
パパ！ パパ！ パパ！

ANNINA
アンニーナ
(erschrickt zuerst heftig, daß sie in ihrer Anrede unterbrochen wird, faßt sich aber schnell)
Hörst du die Stimme deines Blutes!?

（男爵に向かって話しているところを，子供たちに突然中断され，はじめはひどく驚くが，すぐに気を取り直して）
聞こえないの？ あなたの 血を分けた 子供たちよ！

VIER KINDER 四人の子供たち	Papa! Papa!, Papa! パパ！ パパ！ パパ！
KELLNER 給仕たち	Die arme Frau Baronin! お気の毒な 奥様！
ANNINA アンニーナ	Kinder, hebt eure Hände auf zu ihm! さあ みんな 手を上げて お父さんに お願いして！
BARON 男爵	*(schlägt wütend mit einer Serviette, die er vom Tisch reißt, nach den Kindern; zum Wirt)* Debarassier Er mich von denen da, von der, von dem, von dem, von dem! *(Zeigt nach allen Richtungen.)* （怒りを露わにし，食卓からひったくったナプキンで，子供たちを打ちにかかる。主人に向かって） 追っ払ってくれ こいつらを こいつに こいつに こいつに こいつ！ （四方八方を指さす。）
OCTAVIAN オクタヴィアン	*(zu Valzacchi)* Ist gleich wer fort, den Faninal zu holen? （ヴァルツァッキに） ファーニナルを呼びに すぐ 誰かを やってくれるか？
WIRT 主人	*(im Rücken des Barons)* Halten zu Gnaden, gehn nit zu weit, könnten recht böse Folgen g'spürn! Bitterböse! （男爵の背後で） どうぞ あんまり 無茶は なさらずに ひどいことに なります！ とんでもないことに！
VALZACCHI ヴァルツァッキ	*(leise)* Sogleich in Anfang. Wird sogleich zur Stelle sein. （小声で） とっくに 呼びにやったです もうすぐ 来るです
BARON 男爵	Was? Ich was g'spürn? Von dem Möbel da? なにっ？ ひどいことにだと？ この 婆さんのために？
ANNINA アンニーナ	*(schreit laut auf)* Aah! （大声で叫ぶ） ああ！

VALZACCHI
ヴァルツァッキ

(zum Baron leise)
Ik rat' Euer Gnaden, sei'n vorsiktig.
Die Sittenpolizei sein gar nicht tolerant!

（男爵に，小声で）
旦那さん　気をつけるほうが　いい　アルよ
風紀警察　すごく　厳しい　アルよ！

WIRT
主人

Die Bigamie ist halt kein G'spaß,
is gar ein Kapitalverbrechen!

重婚は　冗談では　済みません
重罪ですぞ！

BARON
男爵

Hab's nie nicht ang'rührt, nicht mit der Feuerzang.
Die Bigamie? Die Sittenpolizei?
(Die Stimme der Kinder nachahmend.)
Papa, Papa, Papa?

こんなやつ　触ったこともないぞ　絶対にだ
重婚だと？　風紀警察だと？
（子供たちの声をまねて）
パパ　パパ　パパ　だと？

(Greift sich wie verloren an den Kopf dann wütend.)
Schmeiß' Er hinaus das Trauerpferd! Wer? Was?
Er will nicht?

（途方に暮れて頭を抱えているが，やがて怒りだして）
この　ガミガミ婆さんを　つまみ出せ！　誰が？　なに？
いやだと？

Was? Polizei! Die Lack'ln wollen nicht? Spielt das Gelichter
leicht alles unter einem Leder?

なに？　警察だ！　いやだと？　ろくでもない　奴らめ
みんな　ぐるに　なっとるのか？

Sein wir in Frankreich? Sein wir unter Kurutzen?
Oder in kaiserlicher Hauptstadt?

ここは　フランスか？　それとも　トルコか？
ここは　皇后陛下の　都だろうが！

(Reißt das Gassenfenster auf.)
Herauf da, Polizei! Gilt Ordnung herzustellen
und einer Standsperson zu Hilf zu eilen!

（道路に面した窓を乱暴に開けて）
ここだ　警察を！　騒ぎを　収めてくれ
身分ある者を　助けに　来てくれ！

(Man hört auf der Gasse laute Rufe nach der Polizei.)

（道路から大声で警察を呼ぶ声が聞こえる。）

WIRT 主人	*(jammernd)* Mein renommiertes Haus! Das muß mein Haus erleben!	

(嘆いて)
せっかく 繁盛している 店が！ こんな目に 逢わにゃ ならんとは！

DIE KINDER 子供たち	*(plärrend)* Papa! Papa! Papa!	

(泣きわめいて)
パパ！ パパ！ パパ！

BARON 男爵	Polizei, Polizei! *(Kommissarius mit zwei Wächtern treten auf. Alles rangiert sich, ihnen Platz zu machen.)*	

警察だ！ 警察だ！
(警部が二人の巡査を連れて登場。一同，脇に寄って，彼らに場所をゆずる。)

VALZACCHI ヴァルツァッキ	*(zu Octavian)* Oh weh, was maken wir?	

(オクタヴィアンに)
あれぇ 大変だ どうするです？

KOMMISSARIUS 警部	*(scharf)* Halt! Keiner rührt sich! Was ist los?	

(鋭く)
止まれ！ だれも 動いては いかん！ 何ごとだ？

OCTAVIAN オクタヴィアン	*(zu Valzacchi)* Verlaß Er sich auf mich.	

(ヴァルツァッキに)
ぼくに まかせておけ

...und laß Er's gehn, wie's geht.
……そうすりゃ なるようになる

VALZACCHI ヴァルツァッキ	Zu Euer Excellenz Befehl!	

仰せの とおりに しますです！

KOMMISSARIUS 警部	Wer hat um Hilf geschrien? Wer hat Skandal gemacht?	

助けを呼んだのは 誰だ？ スキャンダルを 起こしたのは 誰だ？

BARON
男爵

(auf ihn zu, mit der Sicherheit des großen Herrn)
Is alls in Ordnung jetzt. Bin mit Ihm wohl zufrieden.
Hab' gleich erhofft, daß in Wien all's wie am Schnürl geht.
(vergnügt)
Schaff' Er das Pack mir vom Hals. Ich will in Ruh soupieren.

（警部のほうへ進み出る。大物ぶった悠然たる態度で）

これで ひと安心だ 来てくれて ありがとう
さすがは ウィーン 万事が 迅速だ
（満足したようすで）
こいつらを 追い出してくれ わしは 静かに
食事がしたいのだ

KOMMISSARIUS
警部

Wer ist der Herr? Was gibt dem Herrn Befugnis?
Ist Er der Wirt?
(Baron sperrt den Mund auf)

誰だ この人は？ 何の 権限が あるというんだ？
ここの主人か？
（男爵，口を開けたままポカンとしている）

(scharf)
Dann halt Er sich gefälligst still
und wart' Er, bis man Ihn vernehmen wird.

（鋭い口調で）
そうでないなら 静かにして
事情聴取 するまで 待っていろ

BARON
男爵

(retiriert sich etwas, perplex, beginnt nach seiner Perücke zu suchen, die in dem Tumult abhanden gekommen ist und unauffindbar bleibt)

（うろたえて少し引き下がり，カツラを探し始めるが，騒動のあいだにどこかへいってしまっていて，見つからない）

KOMMISSARIUS
警部

(setzt sich)
Wo ist der Wirt?
(Die zwei Wächter nehmen hinter dem Kommissar Stellung.)

（座って）
主人は どこだ？
（二人の巡査が，警部の後ろに立つ。）

WIRT
主人

(devot)
Mich dem Herrn Oberkommissarius schönstens zu rekommandieren.

（うやうやしく）
署長さま 私が この店の 主人でございます

KOMMISSARIUS 警部	Die Wirtschaft da rekommandiert Ihn schlecht. Bericht Er jetzt!

なんだ このざまは！ ろくな 店では ないようだ
さあ 報告しろ！

WIRT 主人	Herr Kommissar!

警部殿 じつは そのう……

KOMMISSARIUS 警部	Von Anfang!

始めから！

WIRT 主人	Der Herr Baron —

男爵さまが……

KOMMISSARIUS 警部	Der große Dicke da? Wo hat er sein Paruckl?

そこの デブの 大男がか？ かつらは どこに
やったんだ？

BARON 男爵	(der die ganze Zeit gesucht hat) Um das frag' ich Ihn!

（ずっとカツラを探しつづけていたが）
こっちが 訊きたい ところだ！

WIRT 主人	Das ist der Herr Baron von Lerchenau!

こちらは レルヘナウの 男爵様でして！

KOMMISSARIUS 警部	Genügt nicht.

どうだか あやしいな

BARON 男爵	Was?

なにっ？

KOMMISSARIUS 警部	Hat Er Personen nahebei, die für Ihn Zeugniß geben?

身元を 証明する者が
だれか ここに いるか？

BARON 男爵	Gleich bei der Hand! Da. Mein Sekretär: ein Italiener.

いるとも ほら そこに！ わしの 秘書の イタリア人だ

VALZACCHI ヴァルツァッキ	*(wechselt mit Octavian einen Blick des Einverständnisses)* Ik excusier' mik. Ik weiß nix. Die Herr kann sein Baron, kann sein auch nit. Ik weiß von nix.	

（オクタヴィアンと視線を交わし，意向をくみ取って）
申し訳ないね　知らない　アルね　この人
男爵だか　なんだかも　知らない　アルよ　何にも

BARON 男爵	*(außer sich)* Das ist doch stark, wällisches Luder, falsches!	

（怒りにわれを忘れて）
よくも　ぬかしおって　嘘つきの　イタ公めが！

KOMMISSARIUS 警部	*(zum Baron, scharf)* Für's erste moderier' Er sich!	

（男爵に，鋭い口調で）
あんたこそ　おとなしくしろ！

OCTAVIAN オクタヴィアン	*(der bis jetzt ruhig rechts gestanden, tut nun, als ob er, in Verzweiflung hin und her irrend, den Ausweg nicht fände und das Fenster für eine Ausgangstür hält)* Oh mein Gott in die Erd'n möcht ich sinken! Heilige Mutter von Maria Taferl!	

（それまで黙って右の方に立っていたが，いまや，必死で右往左往しながら逃げ道が見つからず，窓を出口の扉と勘違いしたようなふりをして）
ああ　神さま！　穴があったら　入りたい！
助けて　聖母マリア様！

KOMMISSARIUS 警部	Wer ist dort die junge Person?	

だれだ　この　若い娘は？

BARON 男爵	Die? Niemand. Sie steht unter meiner Protection!	

えっ？　なに　そのう　わしが　保護者をしとる　娘だ

KOMMISSARIUS 警部	Er selber wird bald eine Protection sehr nötig haben. Wer ist das junge Ding, was macht Sie hier? *(blickt um sich)*	

あんたこそ　すぐに　保護せんと　いかんようだな
誰なんだ　その　若い娘は？　ここで　何を　しとるんだ？
（周りを見まわす）

Ich will nicht hoffen, daß Er ein gottverdammter Debauchierer
und Verführer ist! Da könnt's Ihm schlecht ergehn.
Wie kommt Er zu dem Mädel? Antwort will ich.

まさか　あんた　たちの悪い　女たらしじゃ　あるまいな
そうだとすると　ただでは　すまんぞ
どうして　この娘と　一緒にいる？　さあ　答えろ！

OCTAVIAN
オクタヴィアン

I geh ins Wasser!
(Rennt gegen den Alkoven, wie um zu flüchten, und reißt den Vorhang auf, so daß man das Bett friedlich beleuchtet dastehen sieht)

あたし 身投げする！
（逃げようとするかように，壁のくぼみの方へ走って行き，カーテンをさっと開く。中には，ベッドが落ち着いた明かりに照らされて置かれているのが見える）

KOMMISSARIUS
警部

(erhebt sich)
Herr Wirt, was seh ich da?
Was für ein Handwerk treibt denn Er?

（立ち上がって）
おい 主人 あれは 何だ？
おまえ どういう 商売を しとるのだ？

WIRT
主人

(verlegen)
Wenn ich Personen von Stand zum Speisen oder Nachtmahl hab'

（困惑して）
身分ある 方がたが 夕食とか
夜食とかに いらっしゃいますと……

KOMMISSARIUS
警部

Halt Er den Mund. Ihn nehm ich später vor.

もう いい 黙っていろ お前には あとで 訊く

(zum Baron)
Jetzt zähl ich noch bis drei, dann will ich wissen,
wie Er da zu dem jungen Bürgermädchen kommt!
Ich will nicht hoffen, daß Er sich einer falschen
Aussag' wird unterfangen.

（男爵に）
さあ 三つ 数えるうちに 答えろ
どうして お前は この若い お嬢さんと 一緒にいるんだ？
嘘の 言いのがれ なんぞ したら
許さん からな

(Wirt und Valzacchi deuten dem Baron durch Gebärden die Gefährlichkeit der Situation und die Wichtigkeit seiner Aussage an.)

（主人とヴァルツァッキが，男爵に，状況の深刻さと供述の重大さを，身振りで暗示する。）

BARON 男爵	*(winkt ihnen mit großer Sicherheit, sich auf ihn zu verlassen, er sei kein heuriger Has')* Wird wohl kein Anstand sein bei Ihm, Herr Kommissar, wenn eine Standsperson mit seiner ihm verlobten Braut um neune Abends ein Souper einnehmen tut.	

（余裕たっぷりの様子で彼らに手を振り，心配はいらん，わしは青二才じゃない，とでも言いたげなそぶり）

　これが　風紀紊乱に　なるのかね　警部殿？
　貴族の男が　婚約者を連れて
　晩の九時に　食事をするのが

(Blickt um sich, die Wirkung seiner schlauen Aussage abzuwarten.)

（あたりを見まわし，どうだ，文句があるか，というような様子。）

KOMMISSARIUS 警部	Das wäre Seine Braut? Geb Er den Namen an vom Vater und 's Logis. Wenn seine Angab stimmt, mag er sich mit der Jungfer retirieren!

　あんたの　婚約者？　それなら　名前を　言え
　父親の名と　住所もだ　それが　正しければ
　その娘と　帰って　いいだろう！

BARON 男爵	Ich bin wahrhaftig nicht gewohnt, in dieser Weise —

　わしを　誰だと　思っとるか　失敬な……

KOMMISSARIUS 警部	*(scharf)* Mach Er sein Aussag oder ich zieh andre Saiten auf.

（鋭く）
　さあ　言え！　さもないと　こちらにも　考えがある

BARON 男爵	Werd nicht mankieren. *(schnell)* Is die Jungfer Faninal, Sophia Anna Barbara, ehliche Tochter des wohlgeborenen Herrn von Faninal, wohnhaft am Hof im eignen Palais.

　ならば　言ってやろう
（早口で）
　こちらは　ファーニナル嬢
　ゾフィー・アンナ・バルバラ・ファーニナル
　名高い　フォン・ファーニナル氏の　娘さんで
　住まいは　アム・ホーフの　邸宅だ

An der Tür haben sich Gästhofpersonal, andere Gäste, auch einige der Musiker aus dem anderen Zimmer neugierig angesammelt.
Herr von Faninal drängt sich durch sie durch, eilig aufgeregt in Hut und Mantel.

扉のところには，この旅館の使用人たち，他の客たち，それに他の部屋から出てきた数人の楽師が，物見高いようすで集まってきている。
フォン・ファーニナル氏が野次馬たちをかき分けて，慌ただしく駆け込んでくる。帽子をかぶり，外套を着たまま。

FANINAL
ファーニナル

Zur Stelle! Was wird von mir gewünscht?
(auf den Baron zu)
Wie sieht Er aus?
War mir vermutend nicht zu dieser Stunde,
in ein gemeines Beisl depeschiert' zu werden!

さあ 来ましたよ！ 私に 何の 用なんです？
（男爵の方へ進み出て）
どう されたんです その 恰好は？
びっくり しましたよ こんな時間に
下品な 旅館に 呼び出されるとは！

BARON
男爵

(sehr erstaunt und unangenehm berührt)
Wer hat Ihn hierher depeschiert? In drei Teufels Namen?

（ひじょうに驚き，困惑して）
だれが あんたを 呼んだんだ？ まったく もう！

FANINAL
ファーニナル

(halb laut zu ihm)
Was soll mir die saudumme Frag, Herr Schwiegersohn?
Wo Er mir schier die Tür einrennen läßt mit Botschaft,
ich soll sehr schnell
herbei und Ihn in einer üblen Lage soutenieren,
in die Er unschuld'ter Weise geraten ist!

（声を低くして，男爵に）
何を ばかなことを おっしゃる 婿どの
あなたの使いが 駆け込んできて 言うには
とにかく すぐ来て 助けてほしい
無実の 罪に 問われて
困っている なんとか してくれって！

(Baron greift sich an den Kopf)
（男爵は頭をかかえる）

KOMMISSARIUS
警部

Wer ist der Herr? Was schafft der Herr mit Ihm?
だれだ この男は？ 何を あんたと 話してるんだ？

BARON 男爵	Nichts von Bedeutung. Is blos ein Bekannter. Hält sich per Zufall hier im Gasthaus auf. いや　べつに　何も！　ただの　知り合いで たまたま　この店に　来ていただけだ
KOMMISSARIUS 警部	Der Herr geb' Seinen Namen an? あんた　名前は？
FANINAL ファーニナル	Ich bin der Edle von Faninal. 私は　貴族の　フォン・ファーニナルだ
KOMMISSARIUS 警部	Somit ist dies der Vater — すると　これが　父親か……
BARON 男爵	*(stellt sich dazwischen, deckt Octavian vor Faninals Blick)* *(eifrig)* Beileib' gar nicht die Spur. Ist ein Verwandter, Ein Bruder, ein Neveu! Der wirkliche ist noch einmal so dick! （あいだに割って入り，オクタヴィアンの姿がファーニナルから見えないようにする） （必死になって） まさか　とんでもない　これは　親類で そう　兄貴　いや　甥だ！ 父親は　もっと　太ってる！
FANINAL ファーニナル	*(sehr erstaunt)* Was geht hier vor? Wie sieht Er aus? Ich bin der Vater, freilich! （ひじょうに驚いて） なんですって？　どうなされた？　私は　父親ですよ もちろん！
BARON 男爵	*(will ihn forthaben)* Das Weitre findet sich, verzieh Er sich. （ファーニナルを追い払おうとして） あとは　いいから　ひとまず　帰ってくれ
FANINAL ファーニナル	Ich muß schon bitten — ちょっと　あなた……
BARON 男爵	*(wütend)* Fahr Er heim in Teufels Namen! （怒り狂って） いいから　帰れと　言ってるんだ！

FANINAL ファーニナル	*(immer ärgerlicher)* Mein Nam und Ehr in einem solchen Händel zu melieren, Herr Schwiegersohn!	

(ますます腹立たしげに)
私の名誉を　こんなことで　汚すとは
婿どの！

BARON 男爵	*(versucht ihm den Mund zuzuhalten, zum Kommissar)* Ist eine idee fixe! Benennt mich also nur im G'spaß!	

(ファーニナルの口を封じようとしながら，警部に)
おかしな　思い込みさ！
わしを　呼ぶんだ　ただ　冗談で！

KOMMISSARIUS 警部	Ja, ja, genügt schon. *(zu Faninal)* Er erkennt demnach in diesem Herrn Seinen Schwiegersohn?	

もう　いい　わかった
(ファーニナルに)
それでは　あんた　認めるかね
この男が　あんたの　婿だと？

FANINAL ファーニナル	Sehr wohl! Wieso sollt' ich ihn nicht erkennen? Leicht weil Er keine Haar nicht hat?	

ええ　そりゃあ　もう！見紛う　はずなど　あるものですか
たとえ　髪の毛が　なくたって！

KOMMISSARIUS 警部	*(zum Baron)* Und Er erkennt nunmehr wohl auch in diesem Herrn wohl oder übel Seinen Schwiegervater?	

(男爵に)
それじゃ　あんたも　認めるか　この男が
とにもかくにも　あんたの　義父だと？

第3幕

BARON
男爵
(nimmt den Leuchter vom Tisch, beleuchtet sich Faninal genau)
So so, la la! Ja ja, wird schon derselbe sein.
War heut den ganzen Abend gar nicht recht beinand'.
Kann meinen Augen heut nicht traun. Muß Ihm sagen,
liegt hier was in der Luft, man kriegt die Congestion davon.

（食卓から燭台を取り，ファーニナルの顔をはっきり照らしてみる）
ああ そうか！ そうだ そうだ そうかも 知れん
きょうは ひと晩中 頭が 混乱してる
眼の具合も どうかしてる なにしろ
ここは 空気が 悪くて 頭が のぼせるんだ

KOMMISSARIUS
警部
(zu Faninal)
Dagegen wird von Ihm die Vaterschaft
zu dieser Ihm verbatim' zugeschob'nen Tochter geleugnet.

（ファーニナルに）
それなのに あんたは
自分は この娘の 父親ではないと 言うのか？

FANINAL
ファーニナル
(bemerkt jetzt erst Octavian)
Meine Tochter? Da, der Fetzen
gibt sich für meine Tochter aus?

（この時になって，ようやくオクタヴィアンに気づいて）
私の娘だって？ そいつが？
わしの 娘だと 言いおるのか？

BARON
男爵
(gezwungen lächelnd)
Ein G'spaß! Ein purer Mißverstand! Der Wirt
hat dem Herrn Kommissarius da was vorerzählt
von meiner Brautschaft mit der Faninalschen.

（無理に作り笑いをして）
冗談 冗談！ まったくの 誤解だ！ ここの主人が
警部どのに 言ったんだろう
わしの 結婚相手は ファーニナルの家の……

WIRT
主人
(aufgeregt)
Kein Wort! Kein Wort! Herr Kommissarius!
Laut eigner Aussag'.

（いきり立って）
とんでもない！ わたしゃ なんにも！ 警部どの！
このお方が 自分で はっきり 言ったんでさあ

FANINAL ファーニナル	*(außer sich)* Das Weibsbild arretieren! Kommt am Pranger! Wird ausgepeitscht! Wird eingekastelt in ein Kloster Ich — ich —	

(怒りに我を忘れて)
この女を　逮捕しろ！　晒し台に　据えろ！
鞭打ちだ！　修道院に　ぶち込んでやる！
わしは——　わしは——

BARON 男爵	Fahr' Er nach Haus. Auf morgen in der Früh' Ich klär Ihm Alles auf. Er weiß was Er mir schuldig ist!

いまは　帰ってくれ！　明日の朝に　なったら
すべて　説明する　あんた　わしには　借りが
あるだろうが！

FANINAL ファーニナル	*(außer sich vor Wut)* Laut eigner Aussag'!

(怒り狂って)
自分で　はっきり　そう言った　だと！

(einige Schritte nach rückwärts)
Meine Tochter soll herauf!
Sitzt unten in der Tragchaise. Im Galopp herauf!
(wieder auf den Baron losstürzend)
Das zahlt Er teuer! Bring Ihn vors Gericht!

(後方へ、数歩進んで)
わしの娘を　呼んでこい！
下で　輿の中に　おる　大至急　連れてこい！
(ふたたび男爵の方へ突き進みながら)
ただでは　済みませんぞ！　法廷に　訴えますからな！

BARON 男爵	Jetzt macht Er einen rechten Palawatsch' für nichts und wieder nichts! Ein Kavalier braucht ein Roßgeduld, Sein Schwiegersohn zu sein,

あんたが　起こす　ろくでもない　この騒ぎ
すべて　根も葉も　ないことだ！
あんたの　婿になるのも　楽じゃない

	Parole d'honneur! Ich will mei' Perücke! — *(schüttelt den Wirt)* Mei' Perücke will ich sehn! *(Im wilden Herumfahren, um die Perücke zu suchen, faßt er einige der Kinder an und stößt sie zur Seite.)*
	まったく　もう！　ところで　わしの　カツラは？ （主人を揺さぶって） わしの　カツラは　どこに　あるんだ！ （カツラを探して，あちこち荒っぽく動き回り，子供たちをつかんでは，脇へ押しのける。）
DIE KINDER 子供たち	*(automatisch)* Papa! Papa! Papa! Papa! Papa! （機械じかけのように） パパ！　パパ！　パパ！　パパ！　パパ！
FANINAL ファーニナル	*(fährt zurück)* Was ist denn das? （後ずさりして） なんですか　これは？
BARON 男爵	*(im Suchen findet wenigstens seinen Hut, schlägt mit dem Hut nach den Kindern)* Gar nix, ein Schwindel! Kenn' nit das Bagagi! Sie sagt, daß sie verheirat war mit mir. Käm zu der Schand', so wie der Pontius ins credo! （カツラを探すうち，ようやく帽子だけは見つかり，その帽子で子供たちを叩きにかかる） 何でもない　でっち上げだ！　知るもんか　あんな　婆さん！ わしと　結婚してた　なんぞと　ぬかしおって！ とんだ　言いがかりだ　ひどい　ぬれぎぬだ！

Sophie kommt im Mantel eilig herein, man macht ihr Platz. An der Tür sieht man die Faninalschen Bedienten, jeder eine Tragstange der Sänfte haltend. Baron sucht die Kahlheit seines Kopfes vor Sophie mit dem Hut zu beschatten, indeß Sophie auf ihren Vater zugeht.	ゾフィーがマントを着た姿で，急いで入ってくる。人々は彼女に場所をゆずる。 入り口の扉のそばには，ファーニナル家の召使いたちが見える。めいめいが，ゾフィーが乗ってきた輿の担ぎ棒を手にしている。男爵は，禿頭がゾフィーに見えないように，帽子で隠す。その間，ゾフィーは父親のほうへ進み出る。

VIELE STIMMEN 多くの人々の声	Die Braut. Oh, was für ein Skandal! あれが　花嫁だ　なんたる　スキャンダルだ！

FANINAL ファーニナル	*(zu Sophie)* Da schau dich um! Da hast du den Herrn Bräutigam! Da die Famili von dem saubern Herrn! Die Frau mitsamt die Kinder! Da das Weibsbild g'hört linker Hand dazu! Nein, das bist du, laut eigner Aussag. Du! Möcht'st in die Erd'n sinken, was? Ich auch!	

(ゾフィーに)
ごらん！ これが おまえの 婿どのだ！
ご清潔な お方には 家族も いるんだ！
ほら 妻と 子供たち！ そのうえ あの
怪しげな 娘までいる！ いや あいつは お前なんだそうだ
自分で そう言ってる お前なんだと！
穴があったら 入りたいだろう？ わしもだ！

SOPHIE ゾフィー	*(freudig aufatmend)* Bin herzenfroh! Seh ihn mit nichten an dafür.	

(うれしそうに，大きく息をついて)
うれしいわ！ 花婿だなんて 思ってませんから

FANINAL ファーニナル	Sieht ihn nicht an dafür. Sieht ihn nicht an dafür. *(immer verzweifelter)* Mein schöner Nam'! Ich trau' mi' nimmer übern Graben! Kein Hund nimmt mehr ein Stück'l Brot von mir. *(er ist dem Weinen nahe)*	

花婿と 思わない？ 花婿と 思わない？
(ますます絶望的になって)
名誉が 丸つぶれだ！ もう 町なかを 歩けやせん！
もう 犬一匹 わしを 相手に しなくなる！
(泣き出しそうになる)

CHOR 合唱	*(die an der Tür stehenden)* Der Skandal! Der Skandal! Der Skandal! Für Herrn von Faninal!	

(入り口の扉のそばに立っている人々)
スキャンダルだ！ スキャンダルだ！
フォン・ファーニナル氏の スキャンダル！

FANINAL ファーニナル		Die ganze Wiener Stadt. Die schwarze Zeitung! ウィーン中の　笑いものだ！　新聞記事になる！
		(Die Köpfe in der Wand und aus dem Erdboden auftauchend, dumpf) （ほうぼうの壁の中や床の下から，人の頭が現れ，陰にこもった低い声で）
CHOR 合唱		Der Skandal! Der Skandal! Der Skandal! Für Herrn von Faninal! スキャンダルだ！　スキャンダルだ！ フォン・ファーニナル氏の　スキャンダル！
FANINAL ファーニナル		Da! Aus dem Keller! Aus der Luft! Die ganze Wiener Stadt! *(auf den Baron zu, mit geballter Faust)* Oh, Er filou! Mir wird nicht gut! Ein' Sessel! 床下からも！　上からも！　聞こえてくる！ ウィーン中の　笑いものだ！ （男爵に向かって，拳を振りあげて） この　女たらしめが！　わしゃ　気分が　悪い！　椅子を！

Bediente springen hinzu, fangen ihn auf. Zwei desgleichen haben vorher ihre Stange einem der Hintenstehenden zugeworfen.

召使いたちが駆けよってファーニナルを支える。召使いたちのうちの二人が，その直前に，彼らが持っていた輿かつぎの棒を，後ろに立っている他の召使いの一人に投げ渡したのである。

Sophie ist angstvoll um ihn bemüht. Wirt springt gleichfalls hinzu. Sie nehmen ihn auf und tragen ihn ins Nebenzimmer. Mehrere Kellner den Weg weisend, die Türe öffnend voran.

ゾフィーが心配そうにファーニナルの介抱をする。旅館の主人も同様に駆けよる。彼らはファーニナルを抱えて隣の部屋へ運ぶ。数名の給仕たちが先に立ち，行く手を示したり，ドアを開けたりする。

Baron wird in diesem Augenblick seiner Perücke ansichtig, die wie durch Zauberhand wieder zum Vorschein gekommen ist, stürzt darauf los, stülpt sie sich auf und gibt ihr vor dem Spiegel den richtigen Sitz.

男爵はちょうどこのとき，自分のカツラがあるのに気づく。それは，まるで魔法の手によってふたたび姿を現したかのように，そこにあったのだ。彼はカツラめがけて突き進み，さっとそれを頭にのせ，鏡の前で位置を整える。

Mit dieser Veränderung gewinnt er seine Haltung so ziemlich wieder, begnügt sich aber, Annina und den Kindern, deren Gegenwart ihm trotz allem nicht geheuer ist, den Rücken zu kehren.

カツラをつけたことによって，男爵はかなり落ち着きを取り戻す。しかし，アンニーナと子供たちの存在は何はともあれ気味が悪いため，彼らには背を向けたままでいる。

Hinter Herrn von Faninal und seiner Begleitung hat sich die Türe links geschlossen.

ファーニナル氏とその付き添いの人々が出たあと，左手のドアは閉じられている。

Wirt und Kellner kommen bald darauf leise wieder heraus, holen Medikamente, Karaffen mit Wasser und anderes, das in die Tür getragen und von Sophie in der Türspalte übernommen wird.

やがて主人と給仕たちがふたたびそっと現れ，薬，水差し，その他のものを持ってくる。彼らがそれらをドアのところへ持ってゆくと，ゾフィーがドアの隙間から受け取る。

BARON 男爵	*(nunmehr mit dem alten Selbstgefühl auf den Kommissarius zu)* Sind desto eher im Klaren. Ich zahl', ich geh'!	

(今や日頃の自信たっぷりの態度を取り戻し，警部の方へ進み出て)
さあ 一件落着だ わしは 勘定をすませて 帰るぞ！

(zu Octavian)
Ich führ' Sie jetzt nach Haus.

(オクタヴィアンに)
さあ 家まで 送ろう

KOMMISSARIUS
警部

Da irrt Er sich. Mit Ihm jetzt weiter im Verhör!
(Auf den Wink des Kommissarius entfernen die beiden Wächter alle übrigen Personen aus dem Zimmer, nur Annina mit den Kindern bleibt an der linken Wand stehen.)

そうは いかん まだ 訊くことがある！
(警部の合図に従って，二人の巡査はすべての他の人々を部屋から退出させる。アンニーナと子供たちだけが，左手の壁際に立ったままでいる。)

BARON
男爵

Laß Er's jetzt gut sein. War ein G'spaß.
Ich sag' Ihm später, wer das Mädel ist!
Geb' Ihm mein Wort: Ich heirat' sie wahrscheinlich auch einmal.
Da hinten dort, das Klumpret ist schon stad.
Da sieht Er, wer ich bin und wer ich nicht bin.
(macht Miene, Octavian abzuführen)

もう 勘弁してくれ ほんの 冗談だったんだ
この娘のことは いずれ あとで 説明する！
誓って言うが たぶん そのうち 結婚するだろう
あそこにいる けったいな奴らも おとなしくなった
このわしが あやしい者で ないことが わかったろう
(オクタヴィアンを連れ去ろうとするそぶり)

OCTAVIAN
オクタヴィアン

(macht sich los)
I geh nit mit dem Herrn!

(男爵の手から逃れて)
あたし この人と 一緒は いや！

BARON
男爵

(halblaut)
I heirat' Sie, verhält Sie sich mit mir.
Sie wird noch Frau Baronin, so gut gefällt Sie mir!

(声を低くして)
結婚するよ 言うことを おきき
男爵夫人に なるんだぞ わしゃ きみが 気に入った！

OCTAVIAN オクタヴィアン	*(reißt sich vom Arm des Barons los) (gesprochen)* Herr Kommissar, ich geb was zu Protokoll, aber der Herr Baron darf nicht zuhör'n dabei. （男爵の手をふりほどく）（語りで） 警部さん　申し上げたいことが　あるんです でも　男爵さんには　内緒で

Auf den Wink des Kommissars drängen die beiden Wächter den Baron nach vorne rechts. Octavian scheint dem Kommissar etwas zu melden, was diesen sehr überrascht. Der Kommissarius begleitet Octavian bis an den Alkoven. Octavian verschwindet hinter dem Vorhang. Der Kommissar scheint sich zu amüsieren und ist den Spalten des Vorhangs ungenierterweise nahe.	警部の指図で，二人の巡査は男爵を右手前方へ押しやる。 オクタヴィアンは警部に何か話している様子。それを聞いて，警部はひじょうに驚く。 警部はオクタヴィアンに付き添って，壁のくぼみのほうへ行く。オクタヴィアンはカーテンの後ろに姿を消す。 警部は面白がっている様子。無遠慮にカーテンの隙間の近くに立っている。

BARON 男爵	*(zu den Wächtern, familiär, halblaut, auf Annina hindeutend)* Kenn' nicht das Weibsbild dort, auf Ehr'. War grad' beim Essen! Hab' keine Ahnung, was es will. Hätt' sonst nicht selber um die Polizei —— （巡査たちに，馴れ馴れしく，低い声で，アンニーナを指さしながら） わしゃ　知らん　あんな女　本当さ わしらは　食事を　してただけさ！ どういうつもりか　さっぱり　わからん　でなけりゃ わしが　自分から　警察を　呼ぶなんぞ…… *(bemerkt die Heiterkeit des Kommissars, plötzlich sehr aufgeregt über den unerklärlichen Vorfall)* Was geschieht denn dort? Ist wohl nicht möglich das? Der Lackl! Das heißt Ihr Sittenpolizei? Ist eine Jungfer! Eine Jungfer! *(er ist schwer zu halten)* （警部が面白がっているのに気づく。この不可解な事態に，突然ひどく興奮して） 何をしてる　あそこで？　どういうことだ？　助平野郎めが！ これが　風紀警察か？　あれは　生娘だぞ！ 生娘　なんだぞ！ （暴れて，引きとめるのに苦労する） Steht unter meiner Protection! Beschwer' mich! Hab ein Wörtel drein zu reden! わしは　あの娘の　保護者だ！　抗議するぞ！ 勝手な　真似は　させん！

(Er reißt sich los, will gegen das Bett hin. Sie fangen und halten ihn wieder.)
(Aus dem Alkoven erscheinen Stück für Stück die Kleider der Mariandel. Der Kommissarius macht ein Bündel daraus.)

（男爵は制止を振り切り，ベッドのほうへ行こうとする。巡査たちはふたたび彼をつかまえて，引きとめようとする。）

（壁のくぼみのところから，マリアンデルの衣裳が，一枚ずつ次から次へと投げ出される。警部はそれらを束ねる。）

(immer aufgeregt ringt, seine beiden Wächter los zu werden)
Muß jetzt partout zu ihr!

（ますます興奮して，二人の巡査たちの制止をふりほどこうともがきながら）

あそこへ 行かせろって 言ってるんだ！

(Die Wächter halten ihn mühsam, während Octavians Kopf aus einer Spalte des Vorhangs hervorsieht.)

（巡査たちが男爵の制止に手こずっているあいだ，オクタヴィアンがカーテンの隙間から顔をのぞかせる。）

WIRT *(hereinstürzend)*
主人 **Ihre hochfürstliche Gnaden, die Frau Fürstin Feldmarschall!**

（駆け込んできて）

畏れ多いことに 元帥閣下の 奥方様が お出でになった！

(Zuerst werden einige Menschen in der Marschallin Livree sichtbar, dann der Leiblakai des Barons, sie rangieren sich, Marschallin tritt ein, der kleine Neger trägt ihre Schleppe.)

（まず元帥夫人の召使いたちが現れ，次に男爵の側近の従僕も現れる。彼らが一列に並んだところへ，元帥夫人が現れる。黒人の少年が裾持ちをしている。）

BARON *(Der Baron hat sich von den Wächtern losgerissen, wischt sich den Schweiß von*
男爵 *der Stirne, eilt auf die Marschallin zu)*
Bin glücklich über Maßen, hab' die Gnad' kaum meritiert.

（巡査たちの制止を振りほどき，額の汗をぬぐい，元帥夫人の方へ駆けより）

これは まことに 有り難い 恐縮の至りです

OCTAVIAN *(steckt den Kopf zwischen dem Vorhang hervor)*
オクタヴィアン **Marie Theres', wie kommt Sie her?**
(Marschallin regungslos, antwortet nicht, sieht sich fragend um.)

（カーテンの隙間から顔をつき出して）

マリー・テレーズ どうして ここへ？

（元帥夫人は身動きをせず，返事もしないで，問うようにあたりを見まわす。）

BARON **Schätz' Dero Gegenwart hier als ein Freundstück**
男爵 **ohne Gleichen.**

ここに お出でくださった ご厚意
まことに うれしい 限りです

KOMMISSARIUS 警部	*(auf die Fürstin zu, in dienstlicher Haltung)* Fürstliche Gnaden, melde mich gehorsamst als Vorstadts —— Unterkommissarius.	
	（元帥夫人の方へ進み出て，警部の職務にふさわしい態度で） 侯爵夫人閣下　謹んで　申し上げます 私は　郊外地区の　警部補であります	
BARON 男爵	Er sieht, Herr Kommissar, die Durchlaucht haben selber sich bemüht.	
	どうだ　警部どの　元帥夫人　みずから お出まし　なんだぞ	
MARSCHALLIN 元帥夫人	*(zum Kommissar)* Er kennt mich?	
	（警部に） 私を　ご存じ？	
BARON 男爵	Ich denk', Er weiß, woran Er ist.	
	わしの　身分が　わかったろう	
	(Leiblakai auf den Baron zu, stolz und selbstzufrieden.) *(Baron winkt ihm als Zeichen seiner Zufriedenheit.)*	
	（側近の従僕が，得意げに男爵のほうへ進み出る。） （男爵は身振りで，従僕に満足の気持ちを伝える。）	
MARSCHALLIN 元帥夫人	Kenn' ich Ihn nicht auch? Mir scheint beinah'.	
	私も　あなたに　見覚えが？　たしか　どこかで……	
KOMMISSARIUS 警部	Sehr wohl!	
	おっしゃる通りで　ございます！	
MARSCHALLIN 元帥夫人	Dem Herrn Feldmarschall sein' brave Ordonnanz gewest?	
	以前に　元帥の　有能な　部下で　いらしたわね？	
KOMMISSARIUS 警部	Fürstliche Gnaden, zu Befehl!	
	仰せのとおりで　ございます！	
	(Octavian steckt abermals den Kopf zwischen den Vorhängen hervor.)	
	（オクタヴィアンが，ふたたびカーテンの間から顔をのぞかせる。）	

BARON 男爵	*(winkt Octavian heftig, zu verschwinden, ist zugleich ängstlich bemüht, daß die Marschallin nichts merke.)* **Bleib' Sie zum Sakra hinten dort!**

  （オクタヴィアンに，姿を見せるなと，必死で手を振る。同時に，それを元帥夫人に気づかれないように，びくびくして気を配っている。）

  いいから　後ろに　隠れているんだ！

  (Der Baron hört, wie sich Schritte der Tür links vorne nähern; stürzt hin, stellt sich mit dem Rücken gegen die Tür, durch verbindliche Gebärden gegen die Marschallin bestrebt, seinem Gehaben den Schein völliger Unbefangenheit zu geben.)

  （男爵は，左手前方のドアに足音が近づくのが聞こえると，あわてて駆けより，ドアを背にして立つ。元帥夫人がいる方に向かっては，いんぎんな身振りをすることによって，まったく何気ない態度でいるかのように見せる。）

  (Marschallin kommt gegen links, mit zuwartender Miene den Baron anblickend)

  （元帥夫人は，左手の方へ行く。男爵を見つめながら，何かを待ち受けるようなそぶり）

OCTAVIAN オクタヴィアン	*(in Männerkleidung, tritt zwischen den Vorhängen hervor, sobald der Baron ihm den Rücken kehrt)* **War anders abgemacht! Marie Theres', ich wunder mich!**

  （男爵が自分に背を向けたのを見てすぐ，男の服を着た姿でカーテンの間から現れて）

  筋書きと　違う！　マリー・テレーズ
  これは　どういうこと？

Die Marschallin, als hörte sie Octavian nicht, hat fortwährend den verbindlich erwartungsvollen Blick auf den Baron gerichtet, der in äußerster Verlegenheit zwischen der Tür und der Marschallin seine Aufmerksamkeit teilt.
Die Tür links wird mit Kraft geöffnet, so daß der Baron, der vergebens versucht hatte, sich dagegen zu stemmen, wütend zurückzutreten genötigt ist.
Zwei Faninalsche Diener lassen jetzt Sophie eintreten.

元帥夫人は，まるでオクタヴィアンの言うことが聞こえないかのように，待ち受けるような意味ありげな眼差しを，ずっと男爵に向けている。男爵は，すっかりうろたえて，ドアと元帥夫人の両方に気を配っている。
左手のドアが力ずくで開けられる。そのため，それまで開けさせまいと立ちはだかっていた男爵は，後退を余儀なくされ，憤慨する。
二人のファーニナル家の召使いが，ゾフィーを部屋に入れる。

SOPHIE ゾフィー	*(ohne die Marschallin zu sehen, die ihr durch den Baron verdeckt ist)* **Hab' Ihm von mei'm Herrn Vater zu vermelden......**

  （男爵にさえぎられて，彼女には元帥夫人の姿が見えずにいる）

  私の父からの　ことづてですが……

BARON
男爵
(Sophie ins Wort fallend, halblaut)
Ist jetzo nicht die Zeit, Kreuzelement!
Kann Sie nicht warten, bis daß man Ihr rufen wird?
Meint Sie, daß ich Sie hier im Beis'l präsentieren werd'?

（ゾフィーの言葉をさえぎって，低い声で）
今は それどころじゃない いまいましい！
わしが 呼ぶまで 待てないのか？
こんな酒場で きみを 紹介しろと いうのか？

OCTAVIAN
オクタヴィアン
(ist leise hervorgetreten, zur Marschallin, halblaut)
Das ist die Fräulein, die um derentwillen —

（そっと現れてきて，元帥夫人に向かい，低い声で）
このお嬢さんが つまり その ぼくが……

MARSCHALLIN
元帥夫人
(über die Schulter zu Octavian halblaut)
Find' Ihn ein bissl empressiert, Rofrano.
Kann mir wohl denken, wer sie ist. Find' sie scharmant.
(Octavian schlüpft zwischen die Vorhänge zurück.)

（肩越しに，オクタヴィアンに，低い声で）
あら まごついて いるようね ロフラーノ
その方が誰か 私には わかるわ 可愛い人ね
（オクタヴィアンは，カーテンの隙間から，さっと中に戻る。）

SOPHIE
ゾフィー
(den Rücken gegen die Türe, so scharf daß der Baron unwillkürlich einen Schritt zurückweicht)
Er wird mich keinem Menschen auf der Welt
nicht präsentieren,
dieweilen ich mit Ihm auch nicht so viel zu schaffen hab'.

（ドアに背を向け，男爵に向かって鋭い口調で言う。そのため，男爵は思わず一歩あとずさりせずにはいられない）
あなたが 私を 誰かに 紹介するなんて
そんな事は けっして ありません
私は もう あなたとは 何の関係も ないのですから

(Die Marschallin spricht leise mit dem Kommissar.)
Und mein Herr Vater laßt Ihm sagen: wenn Er alsoweit
die Frechheit sollte treiben, daß man Seine Nasen nur
erblicken tät' auf hundert Schritt von unserem Stadtpalais,
so hätt' Er sich die bösen Folgen selber zuzuschreiben.
Das ist's, was mein Herr Vater Ihm vermelden läßt.

（元帥夫人は警部と小声で話している。）
父の言葉を 伝えます もし今後 あなたが
私の家から 百歩以内の所で その鼻先を 見せるような
ことがあれば どんな目に 遭われても
あなたの 責任と 思ってください
これが 私の父から あなたへの 伝言です

BARON 男爵	*(zornig)* Corpo di bacco! Was ist das für eine ungezogne Sprache!	

(怒って)
あきれるわい！
なんて 失敬な 言いぐさだ！

SOPHIE ゾフィー	Die Ihm gebührt.	

あなたには ふさわしいわ

BARON 男爵	*(außer sich, will an ihr vorbei, zur Tür hinein)* He, Faninal, ich muß —	

(我を忘れ，ゾフィーのそばを通り，ドアから隣室に入ろうとする)
おい ファーニナル わしは なんとしても……

SOPHIE ゾフィー	Er untersteh' sich nicht!	

どうぞ お控え ください！

(Sophie tritt in die Tür, die sich hinter ihr schließt.)
(Die zwei Faninalschen Diener treten hervor, halten ihn auf, schieben ihn zurück.)

(ゾフィーがドアから中に入ると，そのあとドアが閉められる。)
(二人のファーニナル家の召使いが出てきて，男爵の行く手を阻み，押し戻す。)

BARON 男爵	*(gegen die Tür brüllend)* Bin willens, alles Vorgefall'ne vergeben und vergessen sein zu lassen!	

(ドアに向かって大声で叫ぶ)
わかった これまでのことは みんな
水に 流して 忘れる ことにする！

MARSCHALLIN 元帥夫人	*(ist von rückwärts an den Baron herangetreten und klopft ihn auf die Schulter)* Laß Er nur gut sein und verschwind' Er auf eins, zwei —	

(後方から男爵に近づき，肩をたたきながら)
じたばた しないで もう お帰りなさい 今すぐに！

BARON 男爵	*(dreht sich um, starrt sie an)* Wieso denn?	

(振り向き，元帥夫人をじっと見て)
どうしてです？

MARSCHALLIN 元帥夫人	*(munter, überlegen)* Wahr' Er sein Dignité und fahr' Er ab.	

(快活に，有無を言わさぬ調子で)
品位を 保って お帰りなさい

BARON 男爵	*(sprachlos)* Ich? Was?	

（言葉を失って）
私が？ 何を？

MARSCHALLIN 元帥夫人	Mach' Er bonne mine à mauvais jeu: So bleibt Er quasi doch noch eine Standsperson

いやな事でも　笑顔を　浮かべて　というでしょ
そうしてこそ　あなたも　いっぱしの　貴族と　いうものよ

(Baron starrt sie stumm an)
(Sophie tritt leise wieder heraus. Ihre Augen suchen Octavian.)

（男爵は黙ったまま，元帥夫人をじっと見ている）
（ソフィーがふたたびそおっと現れる。彼女の目はオクタヴィアンを探している。）

MARSCHALLIN 元帥夫人	*(zum Kommissar, der hinten rechts steht, desgleichen seine Wächter)* Er sieht, Herr Kommissar: das ganze war halt eine Farce und weiter nichts.

（右手後方で，巡査たちと一緒に立っている警部に向かって）
ねえ　警部さん　ご覧のとおり
すべては　茶番劇　ただ　それだけのこと

KOMMISSARIUS 警部	Genügt mir! Retirier mich ganz gehorsamst. *(Tritt ab, die beiden Wächter hinter ihm.)*

承知　いたしました！　では　これで　失礼を
（退場する。二人の巡査もあとに続く。）

SOPHIE ゾフィー	*(vor sich, erschrocken)* Das Ganze war halt eine Farce und weiter nichts.

（衝撃を受けたようすで，つぶやく）
すべては　茶番劇　ただ　それだけのこと

(Die Blicke der beiden Frauen begegnen sich; Sophie macht der Marschallin einen verlegenen Knicks.)

（二人の女性の視線が出会う。ゾフィーは当惑した様子で，元帥夫人に脚礼をする。）

BARON 男爵	*(zwischen Sophie und der Marschallin stehend)* Bin gar nicht willens!

（ゾフィーと元帥夫人の間に立って）
私は　納得が　いかん！

MARSCHALLIN 元帥夫人	*(ungeduldig, stampft auf)* Mon cousin, bedeut' Er ihm! *(Kehrt dem Baron den Rücken.)* （苛立ちをかくさずに。） ねえ 私の いとこさん 男爵に 説明してあげて！ （男爵に背を向ける。）
OCTAVIAN オクタヴィアン	*(geht von rückwärts auf den Baron zu, sehr männlich)* Möcht' Ihn sehr bitten! （後ろから男爵の方に近づき，ひじょうに男らしく） 失礼します！
BARON 男爵	*(fährt herum)* Wer? Was? （びっくりして振りむき） だれだ？ 何だ？
MARSCHALLIN 元帥夫人	*(von rechts, wo sie nun steht)* Sein' Gnaden, der Herr Graf Rofrano, wer denn sonst? （自分がいま立っている右手の方から） ロフラーノ伯爵よ ほかの 誰だというの？
BARON 男爵	*(nachdem er Octavians Gesicht scharf und in der Nähe betrachtet, mit Resignation)* Is schon a so! *(vor sich)* Hab' g'nug von dem Gesicht. Sind doch nicht meine Augen schuld. Is schon ein Mandl. （オクタヴィアンの顔をじろじろ近くで見たあと，観念した様子で） ああ そういう ことか！ （独り言で） この顔は もう たくさんだ 見まちがいじゃ なかった 男だったんだ！
	(Octavian steht frech und hochmütig da.) （オクタヴィアンは大胆不敵にそこに立っている。）
MARSCHALLIN 元帥夫人	*(einen Schritt nähertretend)* Is eine wienerische Maskerad' und weiter nichts. （一歩近寄って） ウィーン風の 仮面劇 ただ それだけのこと
BARON 男爵	*(sehr vor den Kopf geschlagen)* Aha! （あっけにとられた様子で） あっ そう！

SOPHIE ゾフィー	*(halb traurig, halb höhnisch für sich)* Is eine wienerische Maskerad' und weiter nichts.	

（なかば悲しそうに，なかば嘲るように，つぶやく）
ウィーン風の　仮面劇　ただ　それだけのこと

BARON 男爵	*(für sich)* Spiel'n alle unter einem Leder gegen meiner!	

（つぶやく）
みんな　ぐるになって　わしを　虚仮(こけ)に　しおって！

MARSCHALLIN 元帥夫人	*(von oben herab)* Ich hätt' Ihm nicht gewunschen, daß Er mein Mariandel in der Wirklichkeit mir hätte debauchiert!	

（叱りつけるように）
あなたも　いけない　人ね
うちの　マリアンデルを　ほんとうに
誘惑しようと　するなんて！

(Baron wie oben, vor sich hin sinnierend)
（男爵は，前と同様に，なかなか合点がいかない様子）

MARSCHALLIN 元帥夫人	*(wie oben und ohne Octavian anzusehen)* Hab' jetzt einen montierten Kopf gegen die Männer — so ganz im allgemeinen!	

（前と同様に，オクタヴィアンを見ずに）
男の正体を　見たような　気がするわ
男って　みんな　そう！

BARON 男爵	*(allmählich der Situation beikommend)* Kreuzelement! Komm' aus dem Staunen nicht heraus! Der Feldmarschall — Octavian — Mariandel — die Marschallin — Octavian.	

（徐々に状況がわかってきて）
いまいましい！あきれて　ものも　言えん！
元帥閣下　オクタヴィアン　マリアンデル
元帥夫人　オクタヴィアン

(mit einem ausgiebigen Blick, der von der Marschallin zu Octavian, von Octavian wieder zurück zur Marschallin wandert)
Weiß bereits nicht, was ich von diesem ganzen
qui-pro-quo mir denken soll!

（元帥夫人からオクタヴィアンへ，オクタヴィアンからふたたび元帥夫人へ，という具合に視線を移して，まじまじと見つめながら）
わしには　さっぱり　わからん　いったい　何なんだ
この　変装ごっこは！

MARSCHALLIN 元帥夫人	*(mit einem langen Blick)* Er ist, mein' ich, ein Kavalier? *(dann mit großer Sicherheit)* Da wird Er sich halt gar nichts denken. Das ist's, was ich von Ihm erwart'. *(Pause)*

（じっとみつめて）

あなた　紳士で　いらっしゃるわよね？

（それから，ひじょうに断固とした調子で）

ならば　もう　悪あがきは　やめなさい

わたしが　あなたに　望むのは　それだけ

（無言の間合い）

BARON 男爵	*(mit Verneigung und weltmännisch)* Bin von so viel Finesse scharmiert, kann gar nicht sagen, wie. Ein Lerchenauer war noch nie kein Spielverderber nicht. *(einen Schritt an sie herantretend)*

（お辞儀をしながら，世慣れた態度で）

じつに　見事な　お手並み　感じ入りました

いや　まったく　ほとほと

この私　レルヘナウも　ひと役買った　わけですな

（一歩，元帥夫人に歩み寄って）

Find' deliziös das Ganze qui-pro-quo,
bedarf aber dafür nunmehro Ihrer Protection.
Bin willens, alles Vorgefallene
vergeben und vergessen sein zu lassen.
(Pause)

いやはや　上出来の　仮面劇

最後は　あなたが　救いの手　というわけだ

よろしい　これまでのことは　すべて

水に　流して　忘れましょう

（無言の間合い）

Eh bien, darf ich den Faninal —
(Er macht Miene, an die Türe links zu gehen.)

それじゃ　私は　ファーニナルと……

（左手のドアへ行こうとするそぶり。）

MARSCHALLIN 元帥夫人	Er darf — Er darf in aller Still' sich retirieren. *(Baron aus allen Himmeln gefallen)*

あなたは……あなたは　黙って　お帰りなさい

（男爵はガックリとなる）

> Versteht Er nicht, wenn eine Sach' ein End' hat?
> Die ganze Brautschaft und Affär' und alles sonst,
> was drum und dran hängt,
> *(sehr bestimmt)*
> ist mit dieser Stund' vorbei.

> わからないの？ もう ことは 終わったのよ
> 婚約も いざこざも それにまつわる
> すべての ほかのことも
> (きっぱりと)
> いまは もう 終わったの

SOPHIE
ゾフィー
> *(sehr betreten, für sich)*
> Was drum und dran hängt, ist mit dieser Stund' vorbei.

> (ひじょうに当惑して,つぶやく)
> それに まつわる ことが もう 終わり

BARON
男爵
> *(für sich, empört, halblaut)*
> Mit dieser Stund' vorbei! Mit dieser Stund' vorbei!

> (憤慨し,低い声でつぶやく)
> いまは もう 終わり！ いまは もう 終わり！

MARSCHALLIN
元帥夫人
> *(scheint sich nach einem Stuhl umzusehen, Octavian springt hin, gibt ihr einen Stuhl.)*
> *(setzt sich rechts)*
> *(mit Bedeutung für sich)*
> Ist halt vorbei.

> (椅子はないかと,あたりを見まわしている様子。オクタヴィアンが駆けつけ,椅子をすすめる。)
> (元帥夫人,右手に座る)
> (感慨を込めて,つぶやく)
> もう 終わりよ

SOPHIE
ゾフィー
> *(links vor sich, blaß)*
> Ist halt vorbei!

> (青ざめて左手に立ち,つぶやく)
> もう 終わり！

Baron findet sich durchaus nicht in diese Wendung, rollt verlegen und aufgebracht die Augen.
In diesem Augenblick kommt der Mann aus der Falltür hervor. Von links tritt Valzacchi ein, die Verdächtigen in bescheidener Haltung hinter ihm.

Annina nimmt Witwenhaube und Schleier ab, wischt sich die Schminke weg und zeigt ihr gewöhnliches Gesicht. Dies alles zu immer gesteigertem Staunen des Barons. Der Wirt, eine lange Rechnung in der Hand, tritt zur Mitteltüre herein, hinter ihm Kellner, Musikanten, Hausknechte, Kutscher.

男爵は，事態の成り行きにまったく対処できないまま，当惑し，逆上しながら目を回している。ちょうどこのとき，揚げ板を持ち上げて，例の男が顔を突き出す。左手からはヴァルツァッキが登場。後ろには怪しげな男たちが，控え目な態度で続く。

アンニーナが未亡人の帽子とヴェールを脱ぎ，化粧を落として，ふだんの顔を見せる。こうしたことすべてを見ているうちに，男爵の驚きはますます大きくなってゆく。主人が長尺の勘定書を手にして，中央の扉から入ってくる。彼のうしろには給仕たち，楽師たち，下男たち，馭者たちが続く。

BARON   *(wie er sie alle erblickt, gibt er sein Spiel verloren. Ruft schnell entschlossen)*
男爵   Leupold, wir geh'n!

（入ってきた人々を見て，もう勝ち目はないと悟り，すばやく心を決めて側近の従者を呼ぶ）

レウポルト　帰るぞ！

(macht der Marschallin ein tiefes, aber zorniges Kompliment.)
(Leiblakai ergreift einen Leuchter vom Tisch und will seinem Herrn voran.)

（元帥夫人に深々と，しかし腹立たしげにお辞儀をする。）
（側近の従僕が，食卓から燭台をつかみ取り，主人の先を行こうとする。）

ANNINA   *(stellt sich frech dem Baron in den Weg)*
アンニーナ   „Ich hab' halt schon einmal ein Lerchenauisch Glück!"
(auf die Rechnung des Wirtes deutend)
„Komm' Sie nach Tisch, geb' Ihr die Antwort nachher schriftlich!"

（男爵の行く手に厚かましく立ちはだかって）

「そうさ　わしゃ　レルヘナウの　幸運児！」

（主人の勘定書を指さして）

「食後に　来い　返事は　あとで　書いて　渡す！」

DIE KINDER   *(kommen dem Baron unter die Füße. Er schlägt mit dem Hut unter sie.)*
子供たち   Papa! Papa! Papa!

（男爵の足もとにまとい付く。男爵は帽子で子供たちをたたく。）

パパ！　パパ！　パパ！

KELLNER   *(sich zuerst an den Baron drängend)*
給仕たち   Entschuld'gen Euer Gnaden!

（男爵のところへ押しかけて）

失礼ですが　お勘定を！

WIRT 主人	*(sich mit der Rechnung vordrängend)* Entschuld'gen Euer Gnaden!	
	（勘定書を手に詰めよって） 勘定を　お願いします！	
KELLNER 給仕たち	Entschuld'gen Euer Gnaden! Uns geh'n die Kerzen an!	
	お願いします　支払いを！ ろうそく代は　私らに！	
ANNINA アンニーナ	*(vor dem Baron her nach rückwärts tanzend)* „Ich hab' halt schon einmal ein Lerchenauisch Glück!"	
	（男爵の前から，踊るように後ろへ下がりながら） 「そうさ　わしゃ　レルヘナウの　幸運児！」	
DIE KINDER 子供たち	Papa! Papa! Papa! パパ！　パパ！　パパ！	
VALZACCHI ヴァルツァッキ	*(höhnisch)* „Ich hab' halt schon einmal ein Lerchenauisch Glück!"	
	（嘲るように） 「そうさ　わしゃ　レルヘナウの　幸運児！」	
DIE MUSIKANTEN 楽師たち	*(sich dem Baron in den Weg stellend)* Tafelmusik über zwei Stunden!	
	（男爵の行く手に立ちはだかって） 演奏代を　二時間ぶん！	
	(Leiblakai bahnt sich den Weg gegen die Tür hin) *(Baron will hinter ihm durch)*	
	（側近の従僕が，ドアへの道をあける） （男爵は従僕のあとを追って，通り抜けようとする）	
DIE KUTSCHER 駆者たち	*(auf den Baron eindringend)* Für die Fuhr', für die Fuhr', Rösser g'schund'n, Rösser g'schund'n ham ma gnua!	
	（男爵に迫る） 馬車代　くだせえ！馬車代　くだせえ！ 馬たちゃ　みんな　くたくた　でさあ！	
HAUSKNECHT 下男	*(den Baron grob anrempelnd)* Sö, für's Aufsperr'n, Sö, Herr Baron!	
	（男爵を乱暴に小突きながら） 男爵さんよう　扉の鍵　おらが　開けたでよう！	

WIRT 主人	*(immer die Rechnung präsentierend)* Entschuld'gen Eu'r Gnaden. Entschuld'gen Eu'r Gnaden!	

（あいかわらず勘定書を振りかざしながら）

旦那様　勘定を　勘定を！

KELLNER 給仕たち	Zwei Schock Kerzen, uns geh'n die Kerzen an.	

ろうそく　二箱ぶん　支払いは　私らに！

(Baron drängt sich mit Macht gegen die Ausgangstür, alle dicht um ihn in einem Knäuel.)

（男爵は、出口の扉に向かって、強引に突き進む。みなが男爵のまわりをぴったり取り囲んで群がる。）

BARON 男爵	*(im Gedränge)* Platz da. Platz da, Kreuzmillion!	

（もみくちゃにされて）

そこを　どけ！　道を　あけろ！　こん畜生め！

(Von hier ab schreien alle wild durcheinander)

（このあとは、皆の叫び声が乱れ飛ぶ。）

DIE KINDER 子供たち	Papa! Papa! Papa!	

パパ！　パパ！　パパ！

HAUSKNECHT 下男	Führa g'fahr'n, außa gruckt, Sö, Herr Baron!	

よう　おあし　出して　くだせえ　旦那さんよ！

Alle sind schon in der Tür, dem Lakai wird der Armleuchter entwunden.
Baron stürzt ab, alle stürmen ihm nach, der Lärm verhallt. Die zwei Faninalschen Diener sind indessen links abgetreten. Es bleiben allein zurück: Sophie, die Marschallin und Octavian.

皆すでに扉のところに来ている。側近の従僕は、燭台を取り上げられる。
男爵は逃げ去る。彼を追って皆が殺到する。大騒ぎの声が遠ざかる。ファーニナル家の二人の召使いは、その間に左手から退場してしまっている。部屋に残っているのはゾフィー、元帥夫人、オクタヴィアンの三人だけである。

SOPHIE ゾフィー	*(links stehend, blaß)* Mein Gott! Es war nicht mehr als eine Farce. Mein Gott, mein Gott! Wie Er bei ihr steht und ich bin die leere Luft für ihn.	

（左手に立ち、青ざめて）

ああ　ただの　茶番劇　だったのね！
ああ　神さま！
親密なお二人　彼にとって　私は　何でも　ないのだわ

OCTAVIAN オクタヴィアン	*(hinter dem Stuhl der Marschallin, verlegen)* War anders abgemacht, Marie Theres', ich wunder mich. *(in höchster Verlegenheit)* Befiehlt Sie, daß ich — soll ich nicht — die Jungfer — der Vater —	

（元帥夫人の椅子の後ろで，当惑して）
こんな　はずじゃ　なかった　マリー・テレーズ　ぼくは
驚いている
（すっかり当惑して）
どうでしょうか　ぼくが……　いや……　あの人を……
お父様が……

MARSCHALLIN 元帥夫人	Geh' Er doch schnell und tu Er, was sein Herz Ihm sagt.

さあ　早く　行って　あなたが　したいように　することね

SOPHIE ゾフィー	*(verzweifelt)* Die leere Luft.

（絶望して）
私は　何でもない

OCTAVIAN オクタヴィアン	Theres', ich weiß gar nicht —

テレーズ　ぼくは　どうしたら　いいか……

MARSCHALLIN 元帥夫人	Geh Er und mach Seinen Hof.

さあ　行って　やさしく　してあげなさい

SOPHIE ゾフィー	O mein Gott! Mein Gott!

ああ　神さま！　どうしよう！

OCTAVIAN オクタヴィアン	Ich schwör' Ihr —

誓って　言うけど……

MARSCHALLIN 元帥夫人	Laß Er's gut sein.

さあ　いいから　早く

OCTAVIAN オクタヴィアン	Ich begreif' nicht, was Sie hat.

ぼくには　わからない　きみの　考えて　いることが

MARSCHALLIN 元帥夫人	*(lacht zornig)* Er ist ein rechtes Mannsbild, geh Er hin.

（腹立たしげに，笑う）
あなたも　そう　男なのよ　さあ　行きなさい

OCTAVIAN オクタヴィアン		Wie Sie befiehlt. *(geht hinüber.)* *(Sophie wortlos)*

きみが　そう　言うなら
（ゾフィーの方へ行く。）
（ゾフィーは無言のままでいる）

(bei ihr)
Eh bien, hat Sie kein freundlich Wort für mich?
Nicht einen Blick, nicht einen lieben Gruß?

（ゾフィーのそばで）
ねえ　きみ　ぼくに　何か　やさしい言葉を
かけてくれないの？
ぼくを見て　挨拶のひとつも　しては　くれないの？

SOPHIE　*(stockend)*
ゾフィー　War mir von Euer Gnaden Freundschaft und
Behilflichkeit wahrhaftig einer andern Freud' gewärtig.

（言葉につまって）
私は　あなたの　友情や　お力添えから
別の　喜びを　期待して　いたのです

OCTAVIAN　*(lebhaft)*
オクタヴィアン　Wie — freut Sie sich denn nicht?

（勢いづいて）
えっ？　きみは　うれしくない　というの？

SOPHIE　*(unmutig)*
ゾフィー　Hab' wirklich keinen Anlaß nicht.

（不満そうに）
うれしくなれる　はずなんか　ありませんもの

OCTAVIAN　Hat man Ihr nicht den Bräutigam vom Hals geschafft?
オクタヴィアン
あの　いやな花婿は　もう　いなくなったのに？

SOPHIE　Wär' all's recht schön, wenn's anders abgegangen wär'.
ゾフィー　Schäm' mich in Grund und Boden. Versteh' sehr wohl,
mit was für einem Blick Ihre fürstliche Gnaden mich betracht'.

こんなことに　ならなければ　何もかも　よかったのに
私　ほんとうに　恥ずかしい　私には　わかるわ
元帥夫人が　どんな目で　私を　見ていらっしゃるか

OCTAVIAN　Ich schwör' Ihr, meiner Seel' und Seligkeit!
オクタヴィアン
ぼくは　誓うよ　そんなこと　けっして　ない！

SOPHIE ゾフィー	Laß Er mich geh'n. もう　行かせて！	
OCTAVIAN オクタヴィアン	*(faßt ihre Hand)* Ich laß Sie nicht. (ゾフィーの手をつかんで) 行かせや　しない！	
SOPHIE ゾフィー	Der Vater braucht mich drin. 父が　あちらで　私に　用があるの	
OCTAVIAN オクタヴィアン	Ich brauch' Sie nötiger. ぼくも　きみに　用がある　大事な　用が *(Marschallin steht jäh auf, bezwingt sich aber und setzt sich wieder)* (元帥夫人が急に立ち上がるが, 思いとどまり, ふたたび座る)	
SOPHIE ゾフィー	Das sagt sich leicht. 口で　言うのは　簡単だわ	
MARSCHALLIN 元帥夫人	*(vor sich, getragen)* Heut' oder morgen oder den übernächsten Tag. (感慨を込めて, つぶやく) 今日か　明日か　それとも　あさってか	
OCTAVIAN オクタヴィアン	Ich hab' Sie übermäßig lieb. ぼくは　きみが　好きだ　誰よりも	
MARSCHALLIN 元帥夫人	Hab' ich mir's denn nicht vorgesagt? 私は　ちゃんと　覚悟を　していたわ	
SOPHIE ゾフィー	Das ist nicht wahr, Er hat mich nicht so lieb, als wie Er spricht. そうじゃ　ないわ 口で言うほど　好きじゃ　ないのよ　私のこと	
MARSCHALLIN 元帥夫人	Das alles kommt halt über jede Frau. 女なら　だれも　避けられない　さだめ　なのだわ	
SOPHIE ゾフィー	Vergeß Er mich! 私のことは　忘れて！	
MARSCHALLIN 元帥夫人	Hab' ich's denn nicht gewußt? 前から　わかっていた　はずのこと	

OCTAVIAN オクタヴィアン	Ist mir um Sie und nur um Sie! ぼくには　きみが　きみだけが！	
MARSCHALLIN 元帥夫人	Hab' ich nicht ein Gelübde tan? 覚悟は　していた　はずじゃ　なかったの？	
SOPHIE ゾフィー	Vergeß Er mich! 私のことは　忘れて！	
OCTAVIAN オクタヴィアン	*(heftig)* Mag Alles drunter oder drüber geh'n! （激しく） たとえ　何が　どうなったって！	
MARSCHALLIN 元帥夫人	Daß ich's mit einem ganz gefaßten Herzen ertragen werd'… 心を　しっかり　もって 耐えるのだと……	
SOPHIE ゾフィー	*(leidenschaftlich)* Vergeß Er mich! （情熱を込めて） 私のことは　忘れて！	
OCTAVIAN オクタヴィアン	Hab' keinen andern Gedanken nicht. Seh' allweil Ihr lieb Gesicht. *(faßt mit beiden Händen ihre beiden)* きみの　ことしか　考えられない 目に浮かぶのは　いつも　きみの　愛らしい　顔なんだ （両手でゾフィーの手を取る）	
SOPHIE ゾフィー	*(schwach abwehrend)* Vergeß Er mich! （弱々しく拒みながら） 私のことは　忘れて！	
MARSCHALLIN 元帥夫人	Heut' oder morgen oder den übernächsten Tag. *(Sie wischt sich die Augen, steht auf)* 今日か　明日か　それとも　あさってか （目を拭き、立ち上がる）	
OCTAVIAN オクタヴィアン	Hab allzu lieb Ihr lieb Gesicht. きみの　愛らしい顔が　好きで　たまらない	

SOPHIE ゾフィー	*(leise)* Die Fürstin da! Sie ruft Ihn hin! So geh' Er doch	
	（小さな声で） 奥方様が！ あなたを 呼んでいらっしゃる！ あちらへ いらして！	

Octavian ist ein paar Schritte gegen die Marschallin hingegangen, steht jetzt zwischen Beiden, verlegen.

Pause.
Sophie in der Tür, unschlüssig, ob sie gehen oder bleiben soll.
Octavian in der Mitte, dreht den Kopf von einer zur andern.
Marschallin sieht seine Verlegenheit; ein trauriges Lächeln huscht über ihr Gesicht.

オクタヴィアンは、元帥夫人の方へ数歩あるいて行き、いま、二人の女性の間で当惑して立ち止まる。
無言の間。
ゾフィーは、ドアのところで、去るべきか、とどまるべきか、心を決めかねている。
オクタヴィアンは中央に立ち、二人の女性に、代わるがわる顔を向けている。
元帥夫人は、オクタヴィアンの当惑ぶりを見ている。悲しげな微笑が彼女の顔をかすめる。

SOPHIE ゾフィー	*(an der Tür)* Ich muß hinein und fragen, wie's dem Vater geht.	
	（ドアのそばで） あちらへ 行かなくては 父のことが 心配ですから	
OCTAVIAN オクタヴィアン	Ich muß jetzt was reden, und mir verschlagt's die Red'	
	いま 何か 言わなくては——でも 言葉が 出てこない	
MARSCHALLIN 元帥夫人	Der Bub, wie er verlegen da in der Mitten steht.	
	坊やったら あいだに立って あんなに 当惑してるわ	
OCTAVIAN オクタヴィアン	*(zu Sophie)* Bleib' Sie um Alles hier. *(Zur Marschallin.)* Wie, hat Sie was gesagt?	
	（ゾフィーに） とにかく 行かないで！ （元帥夫人に） いま なにか 言った？	

Die Marschallin geht, ohne Octavian, zu beachten, zu Sophie hinüber, sieht sie prüfend, aber gütig an.

Octavian tritt einen Schritt zurück.
Sophie in Verlegenheit, knickst.

元帥夫人は、オクタヴィアンには目を向けずにゾフィーの方へ行き、見定めるように、しかし優しく、彼女を見つめる。
オクタヴィアンは一歩うしろへ下がる。
ゾフィーは当惑しながら脚礼をする。

MARSCHALLIN 元帥夫人	So schnell hat Sie ihn gar so lieb? あなた　そんなに早く　彼のこと　好きに　なったの？
SOPHIE ゾフィー	*(sehr schnell)* Ich weiß nicht, was Euer Gnaden meinen mit der Frag'. （ひじょうな早口で） 私には　わかりません　おっしゃることの　意味が
MARSCHALLIN 元帥夫人	Ihr blaß Gesicht gibt schon die rechte Antwort d'rauf. あなたの　青ざめた　お顔が　ちゃんと　答えているわ
SOPHIE ゾフィー	*(in großer Schüchternheit und Verlegenheit, immer sehr schnell)* Wär gar kein Wunder, wenn ich blaß bin, Euer Gnaden. Hab' einen großen Schreck erlebt mit dem Herrn Vater. （ひどくおどおどして当惑している。ますます早口になって） 顔が　青ざめているのも　当然です 父が　あんなになって　たいへん　驚きましたもの
	Gar nicht zu reden von gerechtem Emportement gegen den scandalösen Herrn Baron. 破廉恥な　男爵さまのために　いやな思いを　したことは 申し上げるまでも　ありません
	Bin Euer Gnaden in Ewigkeit verpflichtet, daß mit Dero Hilf' und Aufsicht — 奥方様には　心から　感謝して　おります お力添えと　ご配慮を　いただきまして……
MARSCHALLIN 元帥夫人	*(abwehrend)* Red' Sie nur nicht zu viel, Sie ist ja, hübsch genug! Und gegen dem Herrn Papa sein Übel weiß ich etwa eine Medizin. （ゾフィーの言葉をさえぎって） そんなことは　いいの　あなた　ほんとうに　可愛い方ね！ お父様の　具合が　良くないなら　お薬を　あげましょう
	Ich geh' jetzt da hinein zu ihm und lad' ihn ein, mit mir und Ihr und dem Herrn Grafen da in meinem Wagen heimzufahren — meint Sie nicht — daß ihn das rekreieren wird und allbereits ein wenig munter machen? 私　あちらへ　行って　お父様に　申し上げるわ 私と　あなたと　伯爵と　みんな　いっしょに 私の馬車で　うちへ　お送り　しましょう　って そうすれば　きっと　お気が晴れて　やがて 少しは　お元気になると　思いません？

SOPHIE ゾフィー		Euer Gnaden sind die Güte selbst.
		なんて　お優しい　お言葉
MARSCHALLIN 元帥夫人		Und für die Blässe weiß vielleicht mein Vetter da die Medizin.
		あなたの　青ざめた顔を　直せるのは
		私のいとこさん　じゃないかしら
OCTAVIAN オクタヴィアン	*(innig)* Marie Theres', wie gut Sie ist. Marie Theres', ich weis gar nicht —
	(感じ入って)
	マリー・テレーズ　あなたは　なんて　やさしいんだ！
	マリー・テレーズ　ぼくには　わからない……
MARSCHALLIN 元帥夫人	*(mit einem undefinierbaren Ausdruck leise)* Ich weiß auch nix. *(Ganz tonlos)* Gar nix. *(sie winkt ihm, zurückzubleiben)*
	(曰く言いがたい表情で，小声で)
	私にも　わからない
	(まったく聞こえない声で)
	なにも　わからない
	(オクタヴィアンに手を振って，その場に残るよう促す)
OCTAVIAN オクタヴィアン	*(unschlüssig, als wollte er ihr nach)* Marie Theres'!
	(心を決めかね，彼女に追いすがろうとするかのように)
	マリー・テレーズ！
	(Marschallin bleibt in der Tür stehen.) *(Octavian steht ihr zunächst, Sophie weiter rechts.)*
	(元帥夫人は，ドアのところに立ったままでいる。)
	(オクタヴィアンは元帥夫人の近くに立ち，ゾフィーはずっと右手にいる。)
MARSCHALLIN 元帥夫人	*(vor sich)* Hab' mir's gelobt, Ihn lieb zu haben in der richtigen Weis'. Daß ich selbst Sein Lieb' zu einer andern noch lieb hab'! Hab' mir freilich nicht gedacht, daß es so bald mir aufgelegt sollt werden!
	(つぶやく)
	あの人を　正しい　愛し方で　愛そうと　思ってた
	あの人が　ほかの　誰かを　愛しても
	それでも　愛そうと　思ってた　でも　まさか
	こんなに　早く　そうなる　なんて！

SOPHIE ゾフィー	*(vor sich)* Mir ist wie in der Kirch'n, heilig ist mir und so bang.	
	（つぶやく） まるで 教会に いるよう 清らかで 不安な 気持ち	
OCTAVIAN オクタヴィアン	*(vor sich)* Es ist was kommen und ist was g'scheh'n. Ich möcht' sie fragen: darf's denn sein?	
	（つぶやく） 何かが 来て 何かが 起きた あの人に 訊きたい これで いいの？	
SOPHIE ゾフィー	Und doch ist mir unheilig auch! Ich weiß nicht, wie mir ist.	
	それでいて 胸が 躍ってる！自分で 自分が わからない	
OCTAVIAN オクタヴィアン	Und g'rad' die Frag', die spür' ich, daß sie mir verboten ist.	
	でも それを あの人に 訊くのは たぶん 許されないこと	
MARSCHALLIN 元帥夫人	*(Seufzend)* Es sind die mehreren Dinge auf der Welt, so daß sie ein's nicht glauben tät', wenn man sie möcht' erzählen hör'n.	
	（ため息をつきながら） 世の中には いろいろな ことがあるわ ひとの 話を 聞いただけでは なかなか 信じられない ようなことが	
OCTAVIAN オクタヴィアン	Ich möcht' sie fragen: warum zittert was in mir? —	
	あの人に 訊きたい なぜ ぼくの胸は 震えるの？	
SOPHIE ゾフィー	*(Ausdrucksvoll)* Wie in der Kirch'n so heilig — so bang. Ich möcht' mich niederknien dort vor der Frau und möcht' ihr was antun, denn ich spür', sie gibt mir ihn —	
	（表情ゆたかに） 教会に いるみたいに 清らかで──不安だわ 奥方様の 前に 跪いて なにか しないでは いられない だって あの方は 私に 彼を 譲りながら 同時に──	

MARSCHALLIN 元帥夫人	Alleinig wer's erlebt, der glaubt daran und weiß nicht wie — 自分で 経験して はじめて 信じられる でも なぜだかは わからない──
OCTAVIAN オクタヴィアン	Ist denn ein großes Unrecht gescheh'n? Und grad' an die, und g'rad an die und g'rad an die, an die darf ich die Frag', die Frag' nicht tun. ぼくは ひどいことを したんだろうか? それを あの人に あの人に あの人に 訊きたくても それは 許されない
SOPHIE ゾフィー	......und nimmt mir was von ihm zugleich. Weiß gar nicht, wie mir ist. Möcht' alles versteh'n und möcht' auch nichts versteh'n. Möcht' fragen und nicht fragen, wird mir heiß und kalt. ……私から 彼の何かを 奪うような 気がするわ 自分で 自分がわからない すべて 知りたいと 思う一方で 何も知りたくない 訊きたい けれど 訊きたくない 熱くなったり 冷たくなったり
MARSCHALLIN 元帥夫人	Da steht der Bub' und da steh' ich, und mit dem fremden Mädel dort wird er so glücklich sein, ... あそこに 坊やが そして ここには 私が そして 坊やは あのよその娘と 幸せに なるのだわ……
OCTAVIAN オクタヴィアン	......und dann seh' ich dich an, Sophie, und seh' nur dich und spür' nur dich, ……そして それから ぼくは きみを 見つめる ゾフィー きみをだけを 見つめ きみだけを 感じる
MARSCHALLIN 元帥夫人	......als wie halt Männer das Glücklichsein versteh'n. ……世の中の たいていの 男たちが 幸せと 思うような 幸せを 手に入れる
OCTAVIAN オクタヴィアン	Sophie, und weiß von nichts als nur: dich hab' ich lieb! ゾフィー! ただ ひたすら きみを 愛してる!

SOPHIE ゾフィー		*(Aug' in Aug' mit Octavian)* Und spür' nur dich und weiß nur eins: dich hab' ich lieb, dich hab' ich lieb! （オクタヴィアンの目をじっと見て） あなただけを　感じている　ただ　ひたすら あなたが好き　あなたが好き！
MARSCHALLIN 元帥夫人		In Gottes Namen. *(geht leise links hinein, die Beiden bemerken es gar nicht.)* お好きな　ように！ （そっと左手のドアから出て行く。二人はそれにまったく気づかない。）
		(Octavian ist dicht an Sophie herangetreten.) *(Einen Augenblick später liegt sie in seinen Armen.)* （オクタヴィアンは，ゾフィーのすぐ近くに歩みよる。） （と思う間もなく，ゾフィーはオクタヴィアンの腕のなかにいる。）
OCTAVIAN オクタヴィアン		*(zugleich mit Sophie)* Spür' nur dich, spür' nur dich allein und daß wir beieinander sein! （ゾフィーと一緒に） きみだけを　感じている　きみだけを ぼくらは　離れない！
SOPHIE ゾフィー		*(zugleich mit Octavian)* Ist ein Traum, kann nicht wirklich sein, daß wir zwei beieinander sein. （オクタヴィアンと一緒に） 夢のよう　本当とは　思えない わたしたちが　一緒で　いられるなんて
OCTAVIAN オクタヴィアン		Geht all's sonst wie ein Traum dahin vor meinem Sinn! ほかのことは　すべて　夢のように　消えていく！
SOPHIE ゾフィー		beieinand' für alle Zeit und Ewigkeit! いつまでも　永遠に　離れない！

OCTAVIAN
オクタヴィアン

(stärker)
War ein Haus wo, da warst du drein,
und die Leute schicken mich hinein,
mich gradaus in die Seligkeit!
Die waren g'scheidt!

（力強い調子で）
邸宅があって　なかに　きみがいた
ぼくが　そこへ　使者として　つかわされたら
こんな幸せが　待っていた！
なんて　うまく　できてるんだ！

SOPHIE
ゾフィー

Kannst du lachen? Mir ist zur Stell'
bang wie an der himmlischen Schwell'!
Halt' mich! — ein schwach Ding, wie ich bin,
sink' dir dahin!

あなた　笑えるの？　わたし　怖いくらいよ
天国の　入り口に　いるみたいで！
わたしを　抱いて──この　弱い　わたしを
しっかり　抱きしめて！

Sie muß sich an ihn lehnen. In diesem Augenblick öffnen die Faninalschen Lakaien die Tür und treten herein, jeder mit einem Leuchter. Durch die Tür kommt Faninal, die Marschallin an der Hand führend. Die beiden Jungen stehen einen Augenblick verwirrt, dann machen sie ein tiefes Kompliment, das Faninal und die Marschallin erwidern.

ゾフィーは，オクタヴィアンに寄りすがらずにはいられない。ちょうどこのとき，ファーニナル家の召使いたちがドアを開け，めいめいが燭台を持って入ってくる。続いてドアからは，ファーニナルが元帥夫人の手を取って現れる。若い二人は，一瞬どぎまぎして立っているが，やがて深くお辞儀をする。ファーニナルと元帥夫人が返礼する。

FANINAL
ファーニナル

(tupft Sophie väterlich gutmütig auf die Wange.)
Sind halt aso, — die jungen Leut'!

（父親らしい上機嫌な様子で，ゾフィーの頬をつつく。）
こんな　もんですかな──若い者は！

MARSCHALLIN
元帥夫人

Ja, ja.

そう　そうね

Faninal reicht der Marschallin die Hand, führt sie zur Mitteltür, die zugleich durch die Livree der Marschallin, darunter der kleine Neger, geöffnet wurde.
Draußen hell, herinnen halbdunkel, da die beiden Diener mit den Leuchtern der Marschallin voraustreten.

ファーニナルが元帥夫人に手をさしのべ，中央の扉の方へ連れてゆく。その扉は，元帥夫人の召使いたち──そのなかには黒人の少年もいる──によって開けられている。
部屋の外は明るく，中はうす暗い。燭台を持った二人の召使いが，元帥夫人より先に退室したからである。

OCTAVIAN オクタヴィアン	*(träumerisch)* Spür' nur dich, spür' nur dich allein und daß wir beieinander sein!	
	（夢見るように） きみだけを　感じている　きみだけを ぼくらは　離れない！	
SOPHIE ゾフィー	*(träumerisch)* Ist ein Traum, kann nicht wirklich sein, daß wir zwei beieinander sein,	
	（夢見るように） 夢のよう　本当とは　思えない わたしたちが　一緒で　いられるなんて	
OCTAVIAN オクタヴィアン	Geht all's sonst wie ein Traum dahin vor meinem Sinn! ほかのことは　すべて　夢のように　消えていく！	
SOPHIE ゾフィー	beieinand' für alle Zeit und Ewigkeit! いつまでも　永遠に　離れない！	
BEIDE 両人	Spür' nur dich allein, dich allein. きみだけを　感じている　きみだけを	

Sie sinkt an ihn hin.
Er küßt sie schnell. Ihr fällt, ohne daß sie es merkt, ihr Taschentuch aus der Hand. Dann laufen sie schnell, Hand in Hand, hinaus.

Die Bühne bleibt leer.
Dann geht nochmals die Mitteltür auf. Herein kommt der kleine Neger, mit einer Kerze in der Hand, sucht das Taschentuch, findet es, hebt es auf, trippelt hinaus.

Der Vorhang fällt rasch.

ゾフィーがオクタヴィアンの腕のなかに沈む。オクタヴィアンはすばやくキスをする。ゾフィーの手からハンカチが落ちるが，彼女はそれに気づかない。やがて二人は手を取り合って，走って出てゆく。
舞台には，だれもいなくなる。
しばらくすると，もう一度，中央の扉が開く。黒人の少年が，一本のろうそくを手に持って入ってくる。少年はハンカチを探し，それを見つけると，拾いあげ，ちょこちょこと歩いて出てゆく。
幕がすばやく下りる。

訳者あとがき

『ばらの騎士』は，リヒャルト・シュトラウスが作曲した5作目のオペラ。1911年1月26日，エルンスト・フォン・シュフの指揮のもと，ドレスデン宮廷歌劇場で初演され，歴史的な大成功を収めた。当時，『ばらの騎士』を観に行くためのベルリン発ドレスデン行きの特別列車が用意されたほどで，その人気は初演以来，こんにちに至るまで衰えることがない。20世紀に書かれたすべてのドイツ・オペラのなかで，『ばらの騎士』は，同じくシュトラウス作曲の『サロメ』と並んで，もっとも人気の高い演目ということができるだろう。

台本は，19世紀末から20世紀にかけて活躍したウィーンの詩人・劇作家フーゴー・フォン・ホーフマンスタール（1874-1929）による。『ばらの騎士』は，ホーフマンスタールがリヒャルト・シュトラウスのために初めからオペラ台本として書いた最初の作品で（前作『エレクトラ』は本来戯曲として書かれたテキストにシュトラウスが作曲したもの），詩人と作曲家は，ひんぱんな手紙のやりとりを通じて意見を交換しあい，少なからぬ見解の相違などものりこえて傑作を完成させた。真の協同作業と呼ぶにふさわしい作品成立の経緯は，のちに公開された膨大な分量の往復書簡（W. シュー編『リヒャルト・シュトラウス／ホーフマンスタール往復書簡全集』[中島悠爾訳，音楽之友社]）を読むことによって，つぶさに窺い知ることができる。なお『ばらの騎士』の台本創作においては，草案の段階で，ホーフマンスタールの友人で芸術愛好家の外交官ハリー・ケスラー伯爵のアイディアが少なからず取り入れられた。

「音楽のための喜劇」と銘打たれた『ばらの騎士』は，ホーフマンスタールとシュトラウスが〈第二の『フィガロの結婚』〉をめざした作品だった。『サロメ』(1905)，『エレクトラ』(1909) と2作続けて神話のヒロインのすさまじい情念の爆発を描いたシュトラウスは，次作の『ばらの騎士』では打って変わって明朗なロココ風の喜歌劇を手がけたのである。場所はセビリャからウィーンに移ったが，時代は同じ18世紀で，かつらとお仕着せの貴族社会が背景となっている。元帥夫人には伯爵夫人ロジーナの，オックス男爵にはアルマヴィーヴァ伯爵の面影がある。劇中で〈女装〉する男装役のオクタヴィアンが，ケルビーノの同類であることは言うまでもない。

青年貴族が年上の愛人に別れを告げ，不埒な恋敵をこらしめて若い娘と結ばれるという『ばらの騎士』の物語は，変装と計略のおもしろ可笑しいラヴ・コメディだ。第3幕で元帥夫人がふと口にするように，それは「ウィーン風の仮面劇，ただそれだけのこと」といってもいい。しかし，ウィーン世紀末の最も繊細な詩

人の筆による『ばらの騎士』には，すこぶる精妙な軽いタッチによって，少なからず重くもあるテーマも盛り込まれている。それは〈時の移ろい〉というテーマだ。自分がもう若くはないことを自覚しはじめている元帥夫人は，年下の愛人オクタヴィアンとのいずれ訪れるであろう別れを予感しながら，第1幕後半の印象的なモノローグを語る。〈時〉のテーマは，ごくふつうの軽い会話のやりとりのなかにも，繊細な形で表現されている。たとえば第1幕冒頭の場面で，元帥夫人はオクタヴィアンにこう言う ——「朝食にしましょ，その時間ですもの」。「その時間ですもの」は，直訳すれば「何事にもその時がある」となる何気ない言葉だが，取りようによっては，「何事にもその持ち時間がある（すべてのものに終わりが来る）」という意味にもなる。『ばらの騎士』の台本には，こうした微妙な陰翳をもつ言葉が少なくない。

　ウィーン世紀末の没落と崩壊の予感が，『ばらの騎士』という明朗なロココ趣味の喜劇の世界に，淡い憂愁の影を落としている。この秀逸な台本に魅了されたシュトラウスは，腕によりをかけて変幻自在の音楽を書き，台本の持つ微妙なニュアンスをあますところなく引き出すことができた。愛の場面のむせ返るような官能的な響き，軽やかなモーツァルト風の楽曲，音楽による心理や状況の的確な描写，甘美でしかもアイロニカルなワルツの扱い，精妙きわまりない和音，絢爛豪華なオーケストレーション。こうして『ばらの騎士』は，オペラの醍醐味を堪能させてくれる，とびきりの美食的作品となったのである。

　本書では，ピアノ・スコアに基づいて歌詞とト書きの全文を省略なしで収録した。舞台上演やレコード録音に際しては，多くの場合，少なからぬ部分をカットすることが慣習となっているが，ここではカットは無しである。二人以上が同時に歌う部分では，「入り」の順に従ってテキストを配置することを原則とした。

　翻訳にあたっては，二つの先訳を参照し，教えられるところ大であった。ひとつは自由奔放な文学的翻訳ともいうべき故内垣啓一氏によるもの（河出書房新社版「ホーフマンスタール全集」第4巻収録），もうひとつは原文にできる限り忠実であろうとする渡辺護氏によるもの（ドイツ・グラモフォン盤をはじめとするいくつもの『ばらの騎士』全曲録音盤添付の対訳）である。両氏とも私にとっては学恩のある先生で，きわめて対照的な性格のこの二つの先訳の間に立って，不肖の弟子たる私は右往左往し，思い悩み，迷ってばかりいたが，それはまた，すこぶる感慨深く，楽しい翻訳の仕事であった。お世話になった音楽之友社の藤本貴和さんに，心からお礼を申し上げる。

　　2001年3月　　　　　　　　　　　　　　　　　　　　　　　　　田辺秀樹

訳者紹介

田辺秀樹(たなべ・ひでき)

1948年東京生れ。東京大学大学院修了。現在，一橋大学大学院言語社会研究科教授。音楽文化論，ドイツ文学専攻。日本リヒャルト・シュトラウス協会事務局長。著書に『モーツァルト』(新潮文庫)，『モーツァルト16の扉』(小学館)，『リヒャルト・シュトラウスの実像』(共著，音楽之友社)，訳書に，フラウヒガー著『モーツァルトとの対話24景』(白水社)，ホーフマン編著『グルダの真実』(洋泉社)など。

オペラ対訳ライブラリー
リヒャルト・シュトラウス ばらの騎士(きし)

2001年5月5日　第1刷発行	
2023年6月30日　第14刷発行	

訳　者　田辺秀樹(たなべひでき)
発行者　堀内久美雄
　　　　東京都新宿区神楽坂6-30
発行所　株式会社　音楽之友社
　　　　電話 03(3235)2111(代)
　　　　振替 00170-4-196250
　　　　郵便番号　162-8716
印刷　星野精版印刷
製本　誠幸堂

Printed in Japan　　　　装丁　柳川貴代
乱丁・落丁本はお取替えいたします。

ISBN 978-4-276-35554-5 C1073

この著作物の全部または一部を権利者に無断で複製(コピー)することは，著作権の侵害にあたり，著作権法により罰せられます。

Japanese translation©2001 by Hideki TANABE

オペラ対訳ライブラリー(既刊)

ワーグナー	《トリスタンとイゾルデ》 高辻知義=訳	35551-4 定価(1900円+税)
ビゼー	《カルメン》 安藤元雄=訳	35552-1 定価(1400円+税)
モーツァルト	《魔笛》 荒井秀直=訳	35553-8 定価(1600円+税)
R.シュトラウス	《ばらの騎士》 田辺秀樹=訳	35554-5 定価(2400円+税)
プッチーニ	《トゥーランドット》 小瀬村幸子=訳	35555-2 定価(1600円+税)
ヴェルディ	《リゴレット》 小瀬村幸子=訳	35556-9 定価(1500円+税)
ワーグナー	《ニュルンベルクのマイスタージンガー》 高辻知義=訳	35557-6 定価(2500円+税)
ベートーヴェン	《フィデリオ》 荒井秀直=訳	35559-0 定価(1800円+税)
ヴェルディ	《イル・トロヴァトーレ》 小瀬村幸子=訳	35560-6 定価(2000円+税)
ワーグナー	《ニーベルングの指環》(上) 《ラインの黄金》・《ヴァルキューレ》 高辻知義=訳	35561-3 定価(2900円+税)
ワーグナー	《ニーベルングの指環》(下) 《ジークフリート》・《神々の黄昏》 高辻知義=訳	35563-7 定価(3200円+税)
プッチーニ	《蝶々夫人》 戸口幸策=訳	35564-4 定価(1800円+税)
モーツァルト	《ドン・ジョヴァンニ》 小瀬村幸子=訳	35565-1 定価(1800円+税)
ワーグナー	《タンホイザー》 高辻知義=訳	35566-8 定価(1800円+税)
プッチーニ	《トスカ》 坂本鉄男=訳	35567-5 定価(1800円+税)
ヴェルディ	《椿姫》 坂本鉄男=訳	35568-2 定価(1400円+税)
ロッシーニ	《セビリャの理髪師》 坂本鉄男=訳	35569-9 定価(1900円+税)
プッチーニ	《ラ・ボエーム》 小瀬村幸子=訳	35570-5 定価(1900円+税)
ヴェルディ	《アイーダ》 小瀬村幸子=訳	35571-2 定価(1800円+税)
ドニゼッティ	《ランメルモールのルチーア》 坂本鉄男=訳	35572-9 定価(1500円+税)
ドニゼッティ	《愛の妙薬》 坂本鉄男=訳	35573-6 定価(1600円+税)
マスカーニ レオンカヴァッロ	《カヴァレリア・ルスティカーナ》 《道化師》 小瀬村幸子=訳	35574-3 定価(2200円+税)
ワーグナー	《ローエングリン》 高辻知義=訳	35575-0 定価(1800円+税)
ヴェルディ	《オテッロ》 小瀬村幸子=訳	35576-7 定価(2400円+税)
ワーグナー	《パルジファル》 高辻知義=訳	35577-4 定価(1800円+税)
ヴェルディ	《ファルスタッフ》 小瀬村幸子=訳	35578-1 定価(2600円+税)
ヨハン・シュトラウスⅡ	《こうもり》 田辺秀樹=訳	35579-8 定価(1800円+税)
ワーグナー	《さまよえるオランダ人》 高辻知義=訳	35580-4 定価(2200円+税)
モーツァルト	《フィガロの結婚》改訂新版 小瀬村幸子=訳	35581-1 定価(2300円+税)
モーツァルト	《コシ・ファン・トゥッテ》改訂新版 小瀬村幸子=訳	35582-8 定価(2000円+税)

※各品番はISBNの978-4-276-を略して表示しています